池袋ウエストゲートパーク・青春篇

國王誕生

キング誕生

ISHIDA IRA
石田衣良
江裕真——譯

任何人都會有他忘不了的某個夏日吧。

那是很特別的一個日子，紀念著煩悶的夏日告終，也同時紀念著青春的結束。

空氣如同混入了玻璃粉般澄澈，拂過臉頰的風突然變冷，像刀片一樣劃過。穿上長袖的襯衫，竟會是這樣的感覺呀。就像剛從泳池裡上來時一樣，棉質布料莫名地暖，皮膚碰到會扎扎的。

炎熱的季節告終，轉涼的九月到來了。

彩券也沒中，正妹也沒認識到，學校啦、打工啦，還有家裡，全都乏善可陳。今年夏天，就在沒一件好事可言的狀態下，結束掉了。

問你哦，你每年的夏天也都是這樣吧？

雖然沒什麼特別的事，但好好再回想一次的話，卻又覺得，今年夏天也算是還過得去。

有一天，你會以這樣的心情回顧。

我也有個不管經過多久，都忘不了的夏季的最後一天。

正確來說，我和池袋的國王安藤崇都忘不了。

那天也同時是崇仔唯一的哥哥安藤猛的忌日。

崇仔固然有「冰冷國王」之稱，猛哥卻是大家所傾慕的老大。他是個為部下著想、令人感到溫馨體貼的老大。猛哥自己原本完全沒有想當老大的想法，但他卻是把池袋的隊伍整合起來，也是實際創建G少年的人。

接下來我要講的故事是，猛哥如何稱霸處於戰國狀態的池袋、他如何與其他地區的隊伍戰鬥，以及他這位大家的老大為何會死去。

這個故事也會提到，老大的弟弟崇仔，如何為兄長猛哥報仇，如何成為絕不露出笑容的池袋絕對王者，如何捨棄了少年的心，成為無情國王的過程。

來，你準備好了嗎？你們每個人都帶來一根蠟燭了嗎？

趕快點亮那根粗得可以、一個晚上也燒不完的蠟燭吧。

地點當然就在首都高速公路五號池袋線的高架橋下。你也點上自己的蠟燭吧。今年的忌日活動，猛哥應該也會喜歡吧。

這個世界固然無情，但當我們在講述故事的時候，故事中的人都確實是活生生的。什麼鬼魂或殭屍之類的都不夠看，只要我們真心誠意想起某人，聊著他的事，就算他已經亡故，也會變成有血有淚。他可能會捧腹大笑，會順道去往常那條路上的便利商店瞧瞧，也可能會揮出一記威力十足的右直拳之類的。

老大不只活在我和崇仔的心裡，更是池袋數百位G少年成員之間活生生的傳奇。

好了，開始講故事吧。距離夏季最後一天的黎明，還有一點時間。

「喂，等等我啊，崇仔。」

我對著在太陽通上走在我前面的白色短袖襯衫背影叫道。那是一個絕不能以有肉論、如薄板般的小鬼背影。他並未停下腳步，臉還是朝著正前方，對我說：

「是你呀，阿誠？不要靠近我，去去去。」

我把吃到還剩一半的炒麵麵包塞進嘴裡。雖然老媽每天早上都會幫我做早餐，但一覺醒來馬上喝味噌湯、吃白飯，還是太多了點。每天早上，我一定會在太陽通上的麵包店買個喜歡的麵包，配五百西西的咖啡牛奶。

把熱狗麵包吞下喉嚨後，我將紙盒丟到便利商店的垃圾桶裡，助跑幾步，給了他的背一記膝蓋飛踢。

「很痛耶，阿誠。你是擊倒強盜嗎？我身體很虛，拿捏一下力道行嗎？」

明明是夏天，轉過頭來的那張臉，卻戴著口罩。我不知道崇仔是出於時尚還是出於夏季感冒才戴的。我對他說：

「中野的課，上得好沒勁啊。」

那是一門金屬加工的課，學的是如何操作數值控制的轉盤。雖然有助於極其正確地切削出形狀複雜的軸或桿，但對我們來說沒屁用。那時我和崇仔都不打算在本地的小工廠工作，但也不想到豐田或Panasonic的工廠上班。唔，我們一開始就完全無意好好工作。而且也才十七歲嘛。

我們讀的都立豐島高工是專出不良少年的名校，有三分之一學生輟學。打架或與其他學校的學生起口角，都是家常便飯。習以為常的傢伙，畢業後就會直接到位於池袋的上百個中小型黑道組織做事。那也是很了不起的生存之道，雖然學校方面並不提供那個領域的就業諮商服務。崇仔表情一本正經地說：

「要蹺掉嗎？」

「嗯，到電玩遊樂場去打發時間吧。」

我們直接在太陽通上左轉，從早上上學的這條路走掉。

我們走進位於東急Hands背後的電玩遊樂場。店名叫「遊樂大集合」，老闆其實是個老頭子。而且他幾乎不出現在店裡，聽說每星期都會跑到池袋站北口的泡泡浴店去。都七十好幾了，居然還能有本事嘿咻，真是驚人。

「崇仔，阿誠，你們又來啦？學校不去沒關係嗎？」昏暗的店裡，穿著白襯衫與輕薄背心的田宮先生出聲問我們。舞蹈節拍的合成貝斯很吵，我們被迫大聲講話。

「沒事，沒事，NC轉盤那種讓人意興闌珊的東西，哪裡上得下去。」

「噢，中野大叔的課嗎？真懷念呀。」

田宮先生是我們高工畢業的學長，大我們兩屆，也是崇仔的兄長、猛哥的朋友。他還是拳擊社的前成員，級別是雛量級的，畢竟他個頭比較嬌小嘛。崇仔一下子就從制褲裡拿出這家店的會員卡。

「宮哥，你幫我提兩百個代幣出來，也幫這傢伙提一百個。」

「你好厲害啊。會員卡裡存了三千多個代幣，在我們店裡就只有你了。」

總之就是在講他是個手很靈巧的傢伙就是了。崇仔確實就是這樣的人。每次到大集合來，他的代幣都愈積愈多。至於我，不知為何，老是讓崇仔送我代幣。這麼說來，之前崇仔在操作類比式的轉盤時，真的也是精準得嚇人。甚至於中野老師還曾認真地遊說崇仔，問他要不要去參加技能奧運看看。畢竟崇仔的手感很敏銳，不到〇・一公釐的誤差，他光是用手指一摸，就能精確地判別出來。

我們走向把美國製零食堆得像一座塔的遊戲機。一開始先弄個巧克力棒或口香糖，然後一面吃著這些，一面悠閒地推代幣。就在我用了大約二十個代幣弄到一條士力架的當兒，崇仔已經弄了一整籃的零食。我目瞪口呆地對他說：

「你到底是何方神聖？如果有世界代幣遊戲大賽，你一定是冠軍吧。你那是怎麼辦到的啊？」

崇仔丟給我一包蜂蜜烤夏威夷豆口味的好時巧克力。我愛吃的。

由於他放低聲音，在遊樂場裡很難聽得清楚。

「……就是抓時機而已呀。只要把代幣放在那個點，零食塔就會倒。在這樣的地方，精準地、悄悄地把代幣推落。很簡單吧！」

對我來說可一點都不簡單。

「是說，你們家兩兄弟，都好奇怪呀。」

「會嗎？」

「你哥哥猛哥，不是全國高中綜合體育大會的亞軍嗎？再不久就會成為職業拳擊手，變成日本冠軍了。」

安藤猛是我們高中的拳擊社主將，在輕量級是全國高中的第二名。唔，所以他是我們學校超有名的校友。現在他有時候會打點零工，無所事事。

「他自己好像還在猶豫。他說，自己的個性不適合打職業拳擊。明明是拳擊手，卻不喜歡把別人打倒在地上。我是覺得打不打都可以啦。要當個職業拳擊手，似乎也是很辛苦的吧。搞不好會傻掉，像具志堅那樣，說什麼『兌阿』❶。」

「或許吧。猛哥他很有人望，就算開公司什麼的，可能也會成功。」

「和我哥比起來，我這個人就很普通啦。我擅長的大概就只有代幣遊戲和操作轉盤了吧。鍛鍊身體很累人，什麼拳擊的也好可怕，我不會。」

他的代幣從導軌滑了下去，跑到玻璃那頭的零食塔那不穩定的底部。機械桿把代幣往裡塞，進口零食塔慢慢地以慢動作開始崩塌、掉落，往取出口的方向消失。宮哥往這裡移動，逐一取出零食。

「又可以兌換成代幣了。崇仔，你也稍微幫我們店想想吧。我的時薪已經最低了欸。」

這樣子崇仔的會員卡又可以多存一百個代幣進去了。

「這裡是遊樂場，不能換錢，但你要不要考慮聯手到柏青哥店賺錢啊？你應該是眼力好，又會抓時機吧。只要有這樣的條件，錢可以說要賺多少有多少。」

❶ 已退休的拳擊手具志堅用高三十多年前在講「對啊」（そうですね）時，因為沖繩鄉音，發音聽起來變成「兌阿」（ちよっちゅね），演員片岡鶴太郎模仿他時拿來當哏，變成眾所周知，後來也變成他的代表性口頭禪。

崇仔的眼神飄向了遠方。

「畢業以後嗎？」

「嗯，對呀。到時候可以巡迴日本各地城市，邊旅行邊打。吃一吃當地的美食，白天可以搭綠色車廂❷旅遊。」

對我來說，什麼一年半之後的畢業典禮，根本是還好久以後的未來。崇仔接連放入四、五個代幣，逐步把新的零食塔弄倒。

「我們兩個有什麼未來可言嗎？我總覺得自己命不會太長。雖然我不是尾崎豐，可能哪天說死掉就會死掉。」

不知為何，我聽了很火大。

「不要講這種話啦。古文課不是教過嗎？日本有一種叫言靈的東西，只要你說出口，可是會如實地實現的。」

崇仔拿下口罩，開心地笑了。說來教人不甘心，但怎麼講呢，他是我們高中第一帥氣的男生。這個因為厭煩於女生的視線而戴口罩的男生，是我的好朋友。拜託也想想我的心情。

「你在擔心我啊？我是覺得就算死了也沒什麼不好。就算我消失了，無論這個世界還是這個城市，都不會有什麼改變。」

「你是得了中二病嗎？如果你死了，猛哥和你媽，還有我，都會傷心的呢。」

崇仔的爸爸在他還小的時候就生病死了。好像是腦子裡的血管斷了，還是塞住。由於和我的家庭環境類似，我們就自然而然熟起來。崇仔抱著肚子笑道：

「笑死我了，阿誠會為了我哭泣是嗎？你還真會說甜言蜜語呀！」

我很火大，所以從他的籃子裡抓了一把代幣。爽！

「不管誰死了，我一定不會哭的。因為我是最差勁的冷血人。」

他只是說說罷了。和他一起在電視上看過《螢火蟲之墓》，我再清楚不過。明明已經看過十次，崇仔卻總是在一開始的車站場景那裡就淚眼汪汪。

「你這人很奇怪呢。搞不好優點全被你哥哥猛哥給分走了。」

我才剛講完，他馬上以快到肉眼看不到的速度，從我的籃子裡把代幣搶回去。或許他的資質是在這方面吧？總之，猛哥與崇仔這對安藤兄弟，出手速度都快得可以。雖然只有哥哥好好地把這樣的資質活用在拳擊上。

❷日本JR的豪華級車廂。

就在我們互搶代幣打鬧的時候，遊樂場的玻璃門開了。大集合這家店比較簡陋，所以是手動式的。

「糟了，宮哥。你快點過來。」

那是我們高工的籃球社三年級生森村學長。他身材很高，但非常瘦。由於他只穿一件T恤而非制服，應該和我們一樣是蹺掉學校的課。宮哥的臉色突然變了。

「發生什麼事？」

「新宿那些傢伙來了，還有練馬的小鬼。在東口的巴而可百貨那一帶。」

宮哥從打工的表情轉變為作戰的嚴峻神情。那年夏天，東京各鬧區的不良少年團體的頭頭都開始創建大型組織。池袋的團隊與隔壁的新宿團隊一直在對抗。由於敵人的敵人就是朋友，澀谷的團隊和我們之間似乎形成友好的關係。新宿那裡當然也有自己的盟軍，極其鄉下但就是人數特多的練馬團隊，則和他們相依偎。

宮哥脫下制服背心問道：

「他們有幾個人？」

「聽說是二十人上下。」

「你沒有去看嗎？」

「沒有。因為是有人把消息傳到我手機的。」

森村學長發現我們的存在後，咋舌道：

「什麼呀，原來是安藤兄弟的弟弟。要幹架的話，你們兩個看起來幫不上忙。好吧，沒差，你們還是露臉湊個人數好了。」

由於我是和平主義者，屬於會遠遠地看別人打架的那種類型；崇仔和他哥相反，絕對不會靠近看起來會發生暴力事件的地點。據說因為崇仔小時候有點氣喘症狀，他媽媽也禁止他做激烈運動。崇仔嘴裡嘟噥著喃喃說道：

「真是麻煩啊。」

宮哥眼神銳利地瞪著他。

「就算你是阿猛的弟弟，我可也饒不了哦。這是為了保衛池袋。趕快給我站起來。」

宮哥雖然嬌小，一旦生氣，就難對付了。我們心不甘情不願地起身，穿著制服前往新宿練馬聯盟等著的池袋站東口。

♛

宮哥在遊樂場的玻璃門掛上「今日公休」的牌子。宮哥和森村學長快步走在前面，我們兩人跟在後頭。太陽通正因為出門的上班族而人滿為患。崇仔小聲說道：

「練馬那些傢伙的隊名叫什麼來著？」

我相當熟知街頭巷尾的八卦以及見不得人的消息，這點連我自己也很意外。或許我是個資訊焦慮症患者也說不定。

「練馬黑馬（Black Horse）。」

「新宿呢？」

「新星群（Newstarz）。」

「怎麼好像唱演歌的團體呀。」

我向崇仔透露了一則可有可無的冷門知識：

「新星群的最後面不是S而是Z。埼玉的團隊叫什麼，你知道嗎？」

「不知道。」

「埼玉犀牛隊（Rhinos）。就是動物那個犀牛。」

「那，池袋呢？」

「這你就要去問你哥了。現在，團隊才總算要開始成形而已。應該還沒取名字。」

池袋有幾十個小團體，過去都是各自分頭行動。有玩滑板的，跳舞的，有把妹的，武鬥派的，除此之外還有搞派對的。各式各樣的派別，都沉醉在自己的街頭生活中，但那樣的生活卻因為不同地區間的對抗而變了樣。因為，除非好好建立一個組織，與來自其他地區的勢力對抗，否則我們將無法抵擋他們的侵略。

在戰國時代的池袋，試著把大家團結在一起的，就是崇仔的哥哥安藤猛。輕量級全國高中綜合體育大會亞軍。池袋的織田信長。

從站前寬達幾十公尺的行人穿越道一走到對面，再沒多遠就是現場了。我們走進通往連接西口地下道的那條巷子。氛圍似乎很詭譎。上班族或粉領族都低頭往下看，急急通過那裡。雙方隊伍之間隔著幾公尺的距離，在地下道入口處你瞪我我瞪你。新宿的傢伙們由於以紫色為隊色，馬上就能認出來。他們的印花頭巾、棒球帽、腕帶或是T恤，一定有一件帶有紫色。練馬的傢伙們隊色是黑色，正如其隊名。隊色參差不齊的幾個池袋熟面孔小鬼，就站在他們的對面，像是要擋住那群染上紫色與黑色、約二十人的小鬼。

宮哥一到場，池袋小鬼們分成了兩邊。在遊樂場打工的他露出可怕的神情，筆直地逐步邁向新宿的不良少年團體。他的眼睛往上吊，嘴角吊兒郎噹地露出舌頭笑著。我從中解讀出來的訊息是這樣的：我要殺了你，然後舔你的血。

「在這裡打不太好吧。」

宮哥咧嘴笑著說道。雛量級雖然重量等級較輕，他的右勾拳還是很厲害的。對方陣營也有個小鬼走了出來，是個體重看來有宮哥兩倍重、肥胖但結實的小鬼。他穿著好大一件紫色T恤，足足有床單那麼大。胸口有英文寫著「不戰鬥，毋寧死」（Fight or Die）。

「這裡當你的墳墓不太好是嗎，矮冬瓜？」

「真是一隻可愛的小豬呀。那邊有座沒人的公園。假如你想和我好好用拳頭對話，就帶著大家到那裡去。」

宮哥沒等他回話，就在軌道旁的小路上跨步往前走。池袋小鬼們跟在他後面，新宿練馬聯盟也隔了一段距離跟了上來。

我低聲向崇仔說：

「慘了。照這樣下去，我們會被扯進去。」

戴著口罩的崇仔冷靜地說：

「說到逃跑的速度，我們應該是很有把握的。一旦大事不妙，就趕快落跑。」

雖說如此，這兩支再過不久就要彼此對幹的團隊，還是散發出一股造成皮膚刺痛的緊張感。就好像空氣帶電一樣。我的胃作嘔想吐。全球哪個國家都是這樣，血氣正盛的年輕男生都很沒腦子。倒不如早點變成老頭子算了。

兒童公園位於一個面積狹小的潮濕砂地上，就在跨越ＪＲ軌道的天橋陰影裡。裡頭有生鏽的鞦韆與單槓，還有油漆脫落的大象溜滑梯。沙坑裡的貓咪一看到我們，馬上消失在灌木叢中。等到所有人都進到園內，宮哥下了命令：

「在入口看著，別讓人進來。」

池袋的團隊有兩個人留在入口處、埋設有阻擋自行車進入的鋼管那裡。宮哥對著紫色與黑色的集團說：

「要二十打二十也可以，但太花時間，很麻煩吧。我也是打工打到一半。那邊的肥仔，你看怎樣，今天要不要就單挑定生死？你和我對決，不要對其他小鬼出手。輸的那一方就乖乖回家。你看怎樣，小豬豬？」

不愧是宮哥，一開始就想好事情要如何收尾了。紫T恤的胖子盤起有如生火腿的手臂說道：

「你說輸了就回家，那是什麼話？你們要是輸了，哪裡有什麼地方好回的？你們就是這裡的人啊。難不成要夾著尾巴跑到別的地方去嗎？你的意思是我們會輸嗎？」

又肥又結實的胖子一笑，新宿練馬的小鬼也都異口同聲地笑了。那與其說是笑，不如說是在出聲恫喝。這種氛圍讓我感到很不自在。

「宮哥，請你在肥仔的肚子上開個洞！」

「把這池袋的矮冬瓜壓成肉餅！」

雙方的小鬼開始冒出高尚的加油話語。對方團隊似乎也對於肥仔的實力很有信心。

「差不多該開打了吧？你們可以不用只派一個人沒關係唷，先挑好下一個小鬼吧。」

肥仔緩緩地轉了轉脖子。他的脖子和頭蓋骨最寬的地方一樣粗。接著他的腰部大幅下壓，雙腳張開，把雙手像盾牌一樣放到身體前方併攏。他的肌肉迅速隆起，脖子也一點一點埋到了肩膀的肌肉裡。

「喝啊！」

他的一隻腳抬得高高的，到了難以置信的角度。輪流踏地的雙腳腳尖，垂直地向大家指出，那是池袋的夏季天空。有積雨雲，有夏天的陽光。他那看起來有三十公分的籃球鞋底部，發出啪啪的聲音，在公園的沙坑上揚起土煙。

這個肥仔不是只有肥而已，還是個真的有過打相撲經驗的人。宮哥的雛量級最多只到一一八磅，大概是五十三公斤再多一點。肥仔的體重是他兩倍的估算，正確無誤。我對崇仔說：

「宮哥他沒問題嗎？」

「啊知。被他抓住的話，可就糟糕了。」

宮哥從口袋裡拿出輕薄的開指手套，雙手戴上。他弓起背，採取防守的姿勢。他只以腳尖踏步約三次，好像體重是零一樣。

「好了，來吧，肥仔。」

「喔——！！」

發出叫聲的紫色肥仔，以有如自動傾卸卡車往前急駛的勢頭，撞向身材只有他三分之一左右的宮哥。危險，我差點閉上眼。但宮哥就在肥仔那有如水龍頭開關般突起的頭撞到他之前，以輕巧的步伐往右畫出半圓。他的左刺拳刺了肥仔的側腹兩下，聽來像鞭子的鳴叫聲。接著他又給了一記充分運用腰力的右勾拳。

我是在崇仔身旁觀看的，宮哥每打一拳，崇仔的身體就震動一下，好像和宮哥一起在作戰的感覺。宮哥的拳頭全都打進肥仔的側腹裡，對方卻一動也不動。肥仔停止往前衝撞後，左右轉動脖子，發出喀喀的聲音，露齒笑道：

「剛才就是你的全力了嗎？好像你拿著蒼蠅拍，啪啪啪打了我幾下一樣欸。」

肥仔從深蹲的姿勢變成雙手碰地。我已經看出這場對決的結果——體重實在差太多了。

我悄聲對崇仔說：

「在分出勝負之前，我們還是趕快逃離這裡吧。」

「別說了，你看就是。」

紫色的肥仔像子彈一樣第二次往前撞。這次宮哥沒有用腳，而是自己也正面往前衝。他的右拳如同在拉弓般，延後出擊時機。這是把自己拳頭的能量加到對手往前撞的速度上的全力反擊拳，威力可達好幾倍。肥仔或許看出了他的意圖，但是沒有停下來。冷汗在我的脖子後側往下流。

「……能成功嗎？」

喃喃說出這話的，是崇仔。他的右肩微微地在動，這是在和宮哥一起估算揮出反擊拳的時機嗎？使出渾身力氣的這一拳若能打中，或許就能打倒對方。鬥牛士也是能打倒體重是自己好幾倍的牛。

但紫色肥仔更勝宮哥一籌。他採取的是純粹的因應反擊拳對策：他只是把頭稍微下壓，把額頭往前挺而已。平平是頭蓋，但他是用骨頭最厚、最堅固的額頭去擋。宮哥的手套被他滿是油脂的額頭吸了進去，兒童公園裡「啪啦」的一聲，響起骨頭被壓碎的低沉聲音。

拳頭遭弄碎的宮哥，連感覺到痛的時間也沒有，因為對手那足以包覆住整張臉的大大手掌向自己襲來。那是體重有自己兩倍的大個子使出的相撲掌擊絕招。宮哥就這樣飛了出去，在地上翻滾兩圈才停下。他渾身是沙，身體動彈不得。

紫色肥仔撫摸著額頭上的腫包說：

「喂喂喂，竟然才一擊就結束了嗎？好啦，接下來是誰？來幾個我就奉陪幾個啊！」

肥仔一咆哮完，他身後的小鬼們一窩蜂擊起掌來。我們的隊伍則是陷入沉默。埼京線的電車在軌道上通過、遠去，吵得可以。

「……等等，還沒完呢。」

宮哥像初生的小鹿一樣抖著腳，試圖站起來。雖然他起身到了半蹲的高度，但雙腳並未發揮功能。腳像是骨頭消失了一般，軟綿綿的。他臉朝下地慢慢跌落地面。宮哥的右手小指彎成了奇怪的角度，像是從手掌上長出了第六根手指一樣。

「宮哥，夠了。」

森村學長以哭聲叫喊著。這時，我看到一個男的從兒童公園的入口處，在一片沙塵中朝這裡走來。他的影子因為柏油的熱度而搖曳。

「猛哥！」「老大！」「你出現了！」

原本無精打采到不行的池袋小鬼們，都鬧哄哄地動了起來。崇仔的哥哥身穿未脫漿的修身牛仔褲，搭白色T恤，是個輪廓比崇仔深的型男。假如說崇仔的長相比較偏女性，他哥哥就是像波多黎各的拳擊手那樣的帥哥。他的身高只差一點點就一八零，身材像交通標誌的桿子那麼細。據傳聞，設於太陽通的某模特兒經紀公司就曾找上他。

猛哥把手放到宮哥的肩上說：

「你不要再打了。再來就交給我。」

猛哥直直向這裡走來。新宿練馬聯盟的小鬼們面面相覷，不知道在小聲地說些什麼。我聽到池袋、老大、拳擊、狙擊手等字眼。看到他們一臉不安的樣子，「不戰鬥，毋寧死」的肥仔叫道：

「老大個屁啊，你們是在怕三小？就由老子來打倒安藤猛，將池袋變成我們的囊中物！」

猛哥什麼也沒說，從牛仔褲的後口袋拿出開指手套。雙手套上後，他兩只拳頭互碰了一下，發出的乾乾的「叩」一聲。

「隨時放馬過來。」

紫肥仔雙手碰地，猛哥和他之間距離三公尺。斜著身子的猛哥，擺出和宮哥一樣的防衛姿勢。

「老大這稱呼值多少錢？」

大吼一聲後，紫T恤往前衝。他的雙手往前上舉，以保護頭部，並同時撞向猛哥的胸口一帶。就好像把剛才和宮哥初次交手時的樣子，再重新播放一次。猛哥和宮哥一樣，往右側踏了一步，揮出兩記刺拳。但他出拳的速度和宮哥完全不同層次，就像是從肩膀射出去的閃電。

刺拳固然可以發揮瞄準鏡的功能、測量與對手之間的距離，但猛哥的刺拳還有另一層用意：他的拳頭打到了那個如單角的妖怪般長在額頭上的腫包。腫包的外皮破了，猛哥的一擊導致對方有半張臉沾滿了噴出來的血。這是為宮哥報仇所出的第一拳。

第二發刺拳打中的是紫肥仔下巴旁邊一帶。當然，才兩記刺拳，不可能擋住體重破百公斤的大個子的衝撞。就在猛哥的左拳如鞭子般收回的同時，他那微微張開的嘴裡，發出了氣音。

「咻。」

那是有如敲鈸般的澄澈高音，難以想像是人的嘴裡發出來的。猛哥看來並沒有使力的樣子。他利用往後拉的右腿蹬力，再加上腰的旋轉與肩膀的迴轉力，如龍捲風般迅速提升速度。拉住手臂的廣背肌與延伸手臂的上臂三頭肌，像是抽掉擋片的彈簧機關一樣飛彈出去；無聲切開空氣的這一拳，還加上了手腕的扭力，把衝擊的力道送進對手體內。

猛哥的右拳，精準無比地打爆了紫色肥仔的下巴。下一瞬間，他又以光速收回了右拳。猛哥維持著防禦的姿勢，腳步往後踩，以保持距離，還發出通通的聲音小步跳動著。

我沒看過被槍打中的人，但我想應該就像那時候的紫肥仔一樣吧！他當場垂直跌到地上，有一種完全不敵重力的感覺。他那跌到沙地上的身體，上頭的脂肪像波浪一樣晃動著，就沒有再起身了。

池袋的隊伍爆出一陣歡呼。森村學長叫道：

「下次不許再跑來這裡了。因為我們有絕對的王者、安藤猛老大在呀！」

我們彼此以拳頭互擊，一面跳著一面擊掌，意氣風發地逐步撤離軌道旁昏暗的兒童公園。雖然氣溫應該已經熱到隨便就超過三十度，卻熱得教人舒爽無比。

看了一場精彩對決。之後我要在學校把這事講給大家聽。

我們在巴而可百貨前解散。猛哥在大家的簇擁下，被擠得七葷八素。他是超級巨星。崇仔沒有找他說話，也沒和他打招呼。他看來不爽地對我說：

「我們走吧。現在去的話，還來得及到學生餐廳搶位子吃午飯。」

「嗯。」

就在我們正要過東口的行人穿越道時，猛哥開口來和我們說話。

「崇仔，傍晚你要不要到拳擊社來露個臉？阿誠也一起來如何？」

拳擊我都是上網看的。但這個城市的老大找我說話，我怎麼可能不開心。我看也沒看崇仔的臉，擅自答道：

「好的，那我就過去玩玩囉。」

崇仔一語不發，先走掉了。我連忙追在把口罩上拉到幾乎看不到臉的崇仔後面。

「猛哥到底為什麼那麼厲害啊？」

我還在亢奮中。太陽通有好多吆喝著招攬客人的店員。每隔五公尺，就變成不同店家的背景音樂，連我的肚子都感受到節奏的振動。我自然而然地模仿著猛哥那跳舞般的步法。

「狙擊手！」

崇仔低聲喃喃說道。我看著女僕咖啡店的女僕迷你百褶裙下方那雙穿著網襪的腿。腿上的贅肉像無骨火腿般，從網眼中擠出來。大人的話，不知道會不會以「很肉感」形容那種不勻稱的腿？

「你說什麼？」

「我說他是個狙擊手啊。你剛才不是在問，猛到底裡厲害嗎？不是他的體力，不是他的速度，也不是他拳頭的威力。而是因為猛能夠在極高的精密度下，精確地打穿移動的東西。這是我聽那傢伙的教練講的。這屬於天生的才能，似乎不是靠後天訓練就能學會的。」

我哼了一聲，把視線從網襪上抽離，問崇仔道：

「那，要是宮哥擁有像猛哥那樣的才能，就能打倒那種重量是他兩倍左右的大個子嗎？」

崇仔以理所當然般的口吻說：

「嗯，可以，宮哥拳頭的勁道很足。出拳如果打到下巴，根據槓桿原理，頭蓋骨之下的腦子會遭受到數倍的衝擊震盪。只要能準確打中下巴，即使是我還是阿誠你的力量，也足以打倒那個肥仔哩。」

這對兄弟真是瘋了。崇仔居然說他自己也能像他那位超級巨星哥哥一樣，打倒新宿練馬遠征軍中最強的男人。

「姑且不談我的部分，你能夠打倒那個肥仔？」

崇仔拿下口罩，凝望著我。太陽通的喧囂遠去。這小子明明在學校很不起眼，走在路上都躲在哥哥的影子裡、毫無存在感，卻不時會露出這種奇怪的眼神——「我不會讓任何人碰我」，或說是「我要讓你們看看，我可以讓世界照著我的意思運作」。至少在那所學校，過去沒有小鬼會露出這種眼神。只要能夠完全由我來掌控，就算是世界，也照樣手到擒來。那是他的自信，他的妄想，還是他尚未實現的計畫呢？教人費解的眼神。

「嗯，可以啊。只要我有勇氣與精確度。」

總覺得聽了很火大，所以我說了說他：

「二者完美兼具的，就是猛哥了吧。」

「應該是吧。站在那個只要吃他一記掌擊就完蛋的肥仔面前，要是能保持平常心，在完美的時機揮拳打中正確地方的話就好了。雖然我的勇氣似乎還不太夠。」

我從沒看過崇仔和人家打架。連傳聞都沒聽過。

「好了，別說了吧。打架交給你哥就好，你比較適合代幣遊戲，不是和新宿對抗。這麼說來，下午大集合的營業要怎麼辦呀？宮哥他去醫院了欸。」

崇仔叫道：

「啊，我今天弄到的零食和代幣，還丟在遊樂場！」

於是，為了拿回代幣，我們潛入了還掛著公休牌子、空無一人的電玩遊樂場。我們可是連一枚代幣都沒多拿哦。雖然我們沒講一聲就把零食拿走，但是也只拿了崇仔打到的那些而已。

學生餐廳的角落，聚集了有一個班級那麼多、看起來腦袋不靈光的小鬼，好像一座沒有鐵絲的猴子山一樣。崇仔不在，他很討厭聽他哥的英勇故事。我賣著關子，慢慢喝著五百西西包裝的檸檬茶。這群智商大約只有消費稅那麼高的小鬼，露出口水好像快流下來一樣的表情說：

「喂，阿誠，你快點講給我們聽啊。」

「真是等不及，街上已經大傳特傳了啦。」

「那個肥仔對手，體重有兩百公斤吧？宮哥會不會一輩子臥床不起？」

我像資深指揮般舉起一隻手，要小鬼們肅靜。我的右手指尖抓著一根吸管。不知為何，我一講街頭的故事，這些傢伙就全都欣喜若狂。每當街頭出現對抗或事件，他們就會說想要聽我講，把我叫到學生餐廳去。我算是笨小鬼專用的記者，或說是專欄作家，或說是寫瓦版的❸。要是有那種只要把故事講得有趣、好笑，就能夠混口飯吃的工作就好了。那種工作既會是我擅長的，也可以發揮我的才能。那我就不必為畢業後該做什麼而煩惱了。

「好啦，等一下嘛。稍後我就把自己用這雙眼睛看得一清二楚的絕妙經過講給你們聽。高潮的地方你們絕不能喘氣哦。因為，猛哥與紫T恤肥仔間的單挑，才一瞬間就分出勝負了呢。他的體重沒有到兩百公斤，但隨便也有一百二十公斤。他的手掌大概有那邊那個托盤那麼大。」

我的下巴指向放在學生餐廳桌上、已經凹凸不平的托盤。這些在上現代日文時打瞌睡的小鬼們，此時都目光灼灼地看著我。當個專講街頭事件的補習班老師，或許是個不錯的工作。

「別唬爛了。應該不可能那麼大隻吧？」

坐在最後面，只露出一個頭的超大個男生向我說道。那是杜賓狗殺手山井❹。假如猛哥是閃耀的星星，這傢伙就是黑洞。他是我們學校有名的壞傢伙，身高近一百九十公分。

「山井，你幾公斤？」

他瞪著我不放，說道：

「我頂多也才一百公斤。」

山井太可怕，沒有任何人開口說話。

「你站起來一下。」

杜賓狗殺手站了起來。我對他說：

「你向右轉，再向後轉。」

他心不甘情不願地轉動著身體。我從容不迫地告訴他：

「肥仔的身體厚度差不多是再加半個你吧。他之前實際打過相撲，可能是在哪個相撲部

---

❸瓦版是十七世紀江戶時代一種類似於街頭快報的出版品。由於是以黏土刻字，再燒成瓦狀製版，故得此名。

❹本系列第一集《池袋西口公園》中也有關於山井的故事。

屋❺太不聽話，被踢出來之類的吧。假如你以為他只是胖，可是會被慘電的。山井，如果你也被他的掌擊打到，你會噴飛到對面那堵牆那裡。」

我指著學生餐廳後方密密麻麻貼滿菜單的那堵牆。叉燒麵三百二十圓。

「在踏腳的時候，他的腿像是張到最開的圓規一樣，筆直地往上抬。他的腳後跟抬到比你身高還高很多的高度。」

「真可怕……」

不知道誰叫了一聲。

「不要管山井了，讓阿誠講吧。我們等不及了啦。」

我對著棒球社二號打者點了點頭，開講。

「很好，很乖。謝謝你們的安靜聆聽。一開始的場景是，東池袋的電玩遊樂場，大集合。我和崇仔在那裡打代幣遊戲時，籃球社的森村學長跑了進來，他說，『宮哥，糟糕了，新宿那些傢伙攻過來了。』」

成功地抓住了大家的注意力。小鬼們都屏氣凝神聽我說故事，連山井也是。我們每個人都有著愛聽故事這個弱點。對於故事接下來的發展，都在意得不得了。猛哥那快如電光火石的右直拳，以及我所講述的街頭故事，究竟哪個比較厲害？我想找一天和他對決看看。

我好不容易忍著睡意，撐過了下午的課。上的是古文與世界史。學什麼平安時代的動詞活用啦，東羅馬帝國的滅亡啦，到底有什麼用？我一點都不感興趣。

放學後，我帶著崇仔到拳擊社的練習場去。我們高工頗有放牛學校的風範，拳擊社一直很有名，因此在校園的一角還設有專用的組合小屋。窗戶全都是開啟的，所以遠遠就能聽到打沙包的聲音。

「還真的要去啊？」

崇仔一副意興闌珊的樣子。這也難怪，哥哥是池袋無敵的超級巨星，弟弟卻是個長相像女生的細瘦小鬼。

「報告猛哥，我把崇仔帶來了。」

腳一踏進練習場，我差點被自己最討厭的臭味給熏掛——年輕男人那鹹鹹的汗臭味。搞不好光是這種臭味，就能讓高中女生懷孕。猛哥向我舉起手，他的額頭上滿滿的都是汗珠。

❺培育相撲選手的組織，包吃包住，包參加比賽的費用。

「來得好，阿誠。聽說你在學生餐廳講了我的故事？」

狙擊手對紫肥仔的故事，我講的版本已經在全校流傳。唔，雖然我不會拳擊，倒是很擅長編故事。

「嗯，我安排了很多把猛哥形容得很帥氣的情節。」

看到猛哥露齒一笑，不知為何連我都心跳加速起來。崇仔的眼睛還是往下看。

「我有點事要拜託阿誠。」

「什麼事？」

我不屬於池袋的任何隊伍。團隊合作這件事，我最不擅長了。

「是阿宮的事。他的右拳現在非得動手術不可，手掌有多處骨折。你知道開放性骨折嗎？」

猛哥一臉凝重地說。

「不知道。」

「你可別嚇到。就是折斷的骨頭刺穿皮膚，跑到外面來。手術後似乎還得做復健。因此，很不好意思的是，能不能請你和崇仔一起，想辦法到大集合幫忙顧店？」

語畢，猛哥緩緩地轉著脖子，向周遭的社員們立起大姆指。

「這裡這些人都忙著準備都大賽，我又不太能信任隊裡那些傢伙。在我的身邊，既有閒工夫，包括金錢在內又不會讓人擔心的，就只有你們兩個了。」

我當下盤算了一下。如果因為這件事而讓池袋的老大欠我人情，或許也不錯。

「會有打工費嗎？」

「嗯，會按規定給打工費。大集合的老頭子說，閒暇之餘你們自己也可以玩。」

說真的，從小我老媽就叫我顧店，因此客人的應對工作我最會了。我們家水果行的時薪零元，但遊樂場有打工費可拿。無可挑剔。

「明天起就去。」

猛哥交給我一張便條紙，上面寫著店門的鑰匙放在哪、宮哥的手機號碼等等。不過我和崇仔本來就經常泡在那家電玩遊樂場，店裡狀況早已完全了然於胸。

「崇，這樣的條件你也願意答應嗎？」

對弟弟說話時，猛哥的聲音變得格外溫柔。崇仔還是不正眼看他，只從嘴角冒出一個字。

「嗯。」

拳擊社的這些社員都露出不以為然的眼神。猛哥是個歷史上的偉人。

「那就拜託你們了。對了，上次教的組合拳，你記起來了嗎？」

社員們都議論紛紛。大概是第一次聽說猛哥的弟弟對拳擊有興趣吧。畢竟我也不知道這回事。猛哥把打倒紫肥仔時用的那雙輕薄的手套往崇仔胸前丟去。崇仔舉起右手去接，但其中一隻掉了。那隻手套上面染著肥仔的血，所以是那時打出了刺拳的左手手套。

崇仔不慌不忙，一發現手套掉了，馬上就在它掉到地上之前，迅速地在腰部的位置抓住它，而且是用剛才沒接到手套的右手，速度快得像魔法一樣。出手快這種事會遺傳嗎？猛哥笑道：

「就算找遍整個東京，可能也沒幾個傢伙有這種身手呢。你打打看我上次教你的組合拳吧。」

在大批社員面前，崇仔看起來並不緊張。他戴上手套，不熱身，也不把短袖白襯衫換掉，就快步往沙包走去。他迅速舉起手擺好姿勢後，不同於猛哥，二話不說，冷不防地就突然出拳。

左刺拳兩發，接著是利用後腿一踢而加大了後續攻擊距離的右直拳。然後他往左踏，再來一記凌厲的左勾拳。這是頭和身體的兩段式打法。然後又來一次，這次是往右踏，猛地壓低身子，他的臉向沙包貼近到好像快要碰到的距離。遲至這時才到來的由上往下打的右擺拳，在社團活動室裡發出如大砲般的聲響。

猛哥瞇起眼，凝視著弟弟那如閃電般快速的組合拳，獨自鼓掌。社團成員們都和我一樣，目瞪口呆。這根本不是外行人打得出來的拳。以刺拳測量距離的同時，瓦解對手的姿勢，再以右直拳確切地給予傷害；繞進追來對手的左側、身體緊靠對方，來個上、下兩段的勾拳。當對手忍不住抱住肚子時，再瞄準對方門戶洞開的太陽穴來個由上往下的擺拳。我想，沒有對手在承受這套組合拳後還能站立的。

崇仔不愧是猛哥的弟弟。社長佐佐木說：

「崇同學你很厲害哦。既然你已經有這樣的實力，派你參加一個月後的都大賽，應該馬上可望打進四強。搞不好還能打到決賽。」

崇仔的肩膀上下擺動，氣喘吁吁。或許是因為氣力用盡也說不定。猛哥代表一語不發的弟弟說：

「不，那種大賽或是運動性社團什麼的，這傢伙都很不擅長。剛才的組合拳，除了最後的右擺拳之外就是一百分了。容我說一句，假如已經全部都那麼到位，最後一拳不需要那麼使勁。精確度與速度比較重要。」

猛哥摸著崇仔的右拳打中的沙包那一帶說：

「你還沒摸清自己的力量。你應該不是想把人殺掉吧？剛才你那一拳，假如打中不該打的地方，隨便就能把人殺掉。它的威力就是那麼大哩。要小心點啊。」

崇仔大口喘著氣，默默點頭。

「誰幫我把貼紙拿過來？」

一年級的社員，以最快的速度從放在活動室一角的桌子抽屜裡，拿來了紅色的貼紙。猛哥在臉的邊邊貼了一張，又在身體左右貼了兩張。

「你難得來這裡，那今天就教你別的組合拳吧。這次教你的是不會把對手殺掉的組合拳。雖然這套拳會讓對方痛苦到覺得生不如死。你看好了，不需要用力，只需要精確而快速。」

猛哥一擺好姿勢，活動室的空氣就改變了。就好像開了空調一般，溫度突然驟降了十度左右。

「……咻。」

又是那種敲鈸般的聲音。猛哥的腰往下沉了一截，揮出兩記像是由下往上頂一般的刺拳。他直接把腰放得更低，貼近對手。再來是連續兩記橫著打向對手側腹的勾拳。打完後，他扭轉身體，向對手側腹揮出右手重勾拳。接著他直接穿過對手身旁，送給對手一記直入下背的上勾拳。每一拳都正確地打中了晃動的沙包上的貼紙處。猛哥笑道：

「不過最後那一拳打腎臟是違反規則的。規則這東西應該是和你無關吧。用刺拳讓對手臉往上抬，再徹底痛擊他的身體兩側。他會有止不住的血尿，痛苦到像下地獄一樣。」

崇仔低聲喃喃道：

「知道了。我記住了。」

三年級的佐佐木露出驚訝的表情。

「猛哥，你教一次他就會了？剛才的組合拳他練習了多久？」

猛哥聳聳肩道：

「他不用練習。剛才的組合拳也是，之前我只打給他看一次而已。」

拳擊社社員們都一片譁然。「騙人！」「我不信！」崇仔則是一副不在乎的表情。猛哥露出為人兄長的表情，開心地說：

「他的才能或許在我之上。唔，雖然他在努力方面的才能似乎是輸給我的。再來就只差踏實地練習而已。你們可以走囉。」

崇仔說：

「了解。」

他緩步走出練拳用的組合小屋，我也打算跟著他一起走。猛哥說：

「阿誠，你等一下，我有話和你說。」

池袋的老大有事找我？這種情形還真是少見啊。

我和老大在練拳小屋前的長椅上坐下。就是咖啡牛奶的廣告中那種給太陽曬到褪色的塑膠椅子。猛哥把手放在我肩上說：

「你總是把崇仔當朋友，謝謝你。」

不愧是這個城市的老大，很擅於把部下捧得心花怒放。這是他弟弟崇仔百分之百欠缺的能力。

「哪裡，我並沒有刻意那樣哩。因為我和他本來就很處得來啊。」

「他身邊沒什麼朋友，這件事讓我很在意。雖然他人很好，卻無法好好表達自己；我擔心他的個性會不會慢慢往奇怪的方向扭曲。」

操場那一頭，夕陽逐漸沉入池袋高樓林立的地區。由於氣溫太過炎熱，夕陽變形了，看起來像個曲棍球。明天肯定又是個最高溫破三十五度的日子吧。就這樣進入了暑假。

「我問你，阿誠，你聽說過擊倒強盜的事情嗎？」

那消息我也知道。這兩個月左右，擊倒強盜的傳言是池袋周邊的熱門話題。受害的男性上班族或大學生走在夜路上，迎面而來一個年輕男生；是個沒什麼特徵，穿著黑色系服裝的纖瘦小鬼。雙方擦肩而過時，小鬼突然出拳打人，而且是威力十足的右直拳。那個男生會從倒地的上班族或大學生的包包裡從容不迫地抽出錢包，搶了錢就走掉。已經連續發生五起了。擊倒強盜，在池袋這裡是這麼稱呼他的。

「擊倒強盜怎麼了嗎？」

「有一些令我擔憂的事情。」

我看著猛哥的臉。他的眼神少見地顯得怯弱。我突然驚覺，猛哥的弱點就只有他弟弟崇仔而已。

「……不可能是他。」

「我想應該也不是。可是，拳擊手的拳頭就像一把刀子，練拳的人都會很想試試看刀子有多利。那傢伙明明有那麼好的才能，卻沒有地方發揮。」

我打斷了老大的話。

「雖然那傢伙嘴裡吐不出好話，卻是個很溫柔的人。他不可能是擊倒強盜。」

猛哥呼的一聲嘆了口氣說：

「最近，一到晚上，他人就不見了。都是到半夜才回家。他總是穿著不搶眼的黑色系服裝出門。我問過他，他只說沒什麼。」

我背脊發涼。崇仔的事，我到底知道多少？

「事情不可能是那樣……」

「我也相信崇仔。我之所以能專注在拳擊社，都是拜他所賜。我家和你家一樣，都很早就沒了父親。但和你家不同的是，我媽的身體又很不好。」

崇仔的媽媽時常進出醫院，我也曾多次去探病。她年輕時是個大美人，現在看起來卻比實際年齡還老得多。

「因為崇仔總是跟在我媽身旁，我才得以變成一個只管練拳，其他什麼都不管的傢伙。」

「……原來是這樣。」

「剛才遊樂場打工那件事，其實也可以找我們隊裡的夥伴去做。但我還是找你們，就是因為這樣子可以讓阿誠你經常盯著他。今後你能不能暫時不留痕跡地幫我觀察一下崇仔的情況？要是有什麼事，就馬上告訴我。」

為了老大去監視同學。真是個讓我提不起勁執行的委託。但我很喜歡猛哥，也很喜歡崇仔。在我非這麼做的時候，就算是討厭的工作，我也非得負起責任承擔不可。

「我知道啦。有什麼事我會報告。」

操場上到處都是不成氣候的棒球社以及田徑社成員，發出加油聲。「學長Give Me Five！」、「好球！」我最討厭運動社團的叫喊聲了。都心裡閒適恬靜的景象。

「我問你，阿誠。你覺得我和崇仔哪個厲害？」

突然就來個奇怪的問題。我連想都沒想就說：

「那一定是猛哥吧。這裡一提到老大你，年輕人沒有不認識的。只要老大出個聲，就能招集幾百個小鬼，這人盡皆知。就連力氣也是你最大。」

猛哥呼的一聲淺淺一笑說：

「真的是像大家講的那樣嗎？我總覺得自己已經使盡全力，沒有什麼再往上的空間了。但崇仔的器量卻深不見底。或許是為人兄長，我才對弟弟偏心吧，我認為在拳擊方面也一樣，只要那傢伙認真打，才能也在我之上。」

我覺得猛哥人很好。這對兄弟實在人太好，好到他們彼此之間變得有距離。

「猛哥拿過全國第二，崇仔卻比你更有才能，這不是很奇怪嗎？那他不就馬上就能拿第一嗎？」

池袋的老大一臉開心地發出呼呼呼的笑聲道：

「就算真的變成那樣，我也不會吃驚。剛才那套組合拳，我花了三星期才把它變成自己的東西。我都不知道自己打了幾百次沙包、參加過幾百次實戰練習。但那傢伙只要看過一次，就變成他的東西。或許你原本沒發現，他的步法和我隨便教他的時候比起來，已經有所改良；崇仔的版本比我還快了零點幾秒哩。在我看過的人當中，他的素質是棒的。包括我們高工的幾十人、高中大賽中看到的從全國選拔出來的選手，以及我會去練拳的本地拳擊館的專家在內哩。」

老大都這麼說了，崇仔應該是真的有才能吧。我對拳擊所知無幾，不小心說出了根本不必說出口的話：

「搞不好他把他的才能運用在扮演擊倒強盜上也說不定。」

猛哥砰的一聲敲了我肩膀一拳。

「請你幫我證明事實不是那樣。拜託你了，阿誠。」

我點了頭，從長椅上站起來，在夕陽下的校園裡走著，還拖著個又長又重的影子。

那天的晚餐是西武百貨地下樓賣的配菜。筑前煮搭俄式酸奶牛肉，好奇怪的組合。老媽總是隨興買些自己想吃的東西回來。唔，住在城市就是這種事情方便。

我家用餐時很少交談。莫非我是在叛逆期？

「學校還好嗎？」

老媽把福神醃醬菜般甜甜辣辣的燉蔬菜放在俄式酸奶牛肉上面吃。好怪。我沒作聲，她一面用湯匙吃著一面說：

「那個叫擊倒強盜的傢伙，很過份噫。最近的年輕人，到底在想些什麼？劈頭就把人揍一頓，不就和為了試新刀而隨機砍人沒兩樣嗎？」

為了試刀而砍人是嗎？手上有刀，確實會想要確認一下刀子有多利。我想起猛哥說的話。小鬼一旦學會厲害的拳法，也會想要找個人打看看嗎？

「傍晚吉岡先生來過。他說，光是在池袋警察署的轄區內就有四件，高田馬場與練馬也發生三起類似案件。根據目擊資訊，似乎全都是同一個男的哩。」

吉岡是少年課的基層刑警。這人明明噁心到教人想吐，不知為何卻好像對我家老媽有意思，有事沒事就跑到店裡來。

「穿著廉價，頭髮稀疏。我要是吉岡，可能會不想活了吧。」

老媽放下湯匙，瞪向我這裡。

「你在說什麼？你沒被學校開除，都是託吉岡先生的福吧？」

我一年級時曾經打過一場情節不算輕微的架。錯的是對手那家私立學校的公子哥，對方有兩個人，我一個人。

地點是在東池袋的太陽城後面。我不是好戰的人，但那天我心情很差。是對方先向我挑釁的，似乎以為可以三兩下就把我的錢搶走。畢竟他們要我交錢滾蛋嘛。由於公子哥的學長門牙斷了兩根，少年課那裡連我也有事。

「那時要不是吉岡先生幫忙找對方的爸媽談，你現在可真的就遊手好閒了。唔，雖然你現在也沒有好好去上學，感覺差不多就是。你啊，將來有什麼打算？」

我在嘴裡低聲說道：

「那種事，我哪知道。」

我很趕快吃完飯，逃離這拷問。聽說對方那小鬼的爸媽要對我提出民事訴訟，但吉岡反過來告訴對方，我老媽會以身為搶劫未遂的受害者身分反告回去。我家其實沒錢打官司，只是唬一唬對方，但我也因此得救。只是，那件事和吉岡要和我老媽交往，是兩碼子事。

「你該不會去當什麼擊倒強盜了吧？」

「我怎麼可能啦。一星期有一半時間妳都說妳要看連續劇，晚上都叫我顧店不是？我可沒空去當強盜啊。」

但崇仔晚上是跑出家門的。至少，他似乎有那樣的時間，以及破壞力超群的拳頭。我一口吃光剩下的俄式酸奶牛肉，跑回自己房間去了。

值得慶幸的是，隔週是第一學期的結業式。

七月底的藍色天空，澄澈得可以。今年的梅雨季乾乾的，幾乎沒下雨。走在池袋街上的女孩們，衣服的面積到達最小。她們打扮得很接近巴西女人，無論是胸部、屁股還是腿，可能有接近百分之九十都露出來了。我從級任老師那裡領了兩份成績單，走出校門，然後在便利商店買了兩份咖哩豬排，到電玩遊樂場大集合去。

「崇仔，辛苦啦。」

我在後方的櫃檯把便當和成績單交給他。

「謝啦，阿誠，你沒偷看吧？」

「嗯，我沒看啊。雖然我不相信你的數學居然拿了八。」

在十階段評分當中，我拿了三。我的數學和物理都幾乎不及格，低空飛過，好不容易才拿到學分。

「開什麼玩笑！你的成績單也給我看。」

我死都不想讓數學拿了八的傢伙看我這張才三的成績單，因此把成績單塞進低腰制褲裡。結業式這種東西教人發懶，就是要空手去呀。原本以為雙方會來場粗魯的打鬧，崇仔卻很乾脆地說：

「要是看了呆瓜的成績單，也會傳染到呆的。算了，吃飯吧。」

真不知道崇仔為何會這麼安份。我沮喪地從肚子那裡抽出成績單，但它已經被汗水弄得軟趴趴的，我迅速把它攤開給崇仔看。

「數學和物理只拿三，但國語拿了九，比你高三分。」

說也奇怪，我從小開始，唯獨國語一直都是幾乎拿滿分。我沒在讀書，也沒看多少書，成績卻出奇得好。

「什麼成績不成績的，怎樣都沒差吧。反正我們就只到高中畢業為止。我問你，阿誠，你將來打算做什麼？」

便利商店的咖哩飯上面黏了一張薄薄的膜。我用塑膠湯匙攪拌著，好像在清除臭水溝的泥濘一樣。

「別和我家老媽一樣，講那種會讓人沒食慾的話。你自己呢，有什麼打算？」

崇仔目光迷濛地看著貼滿電腦繪圖插畫海報的遊樂場。這裡該說是座彩色的廢墟，還是該說是個教人滿懷期待的監獄呢？

「不知道。我可能沒有將來這種東西吧。能不能有人在我睡得正熟的時候，用不會痛的方式把我殺掉呢？」

我目不轉睛地盯著老大的弟弟看。

「認真的嗎？」

十七歲就想死，這不正常。明明每天早上都那麼活潑有精神的說。

「嗯，有時候我心裡會這麼想呢。」

「但你應該還有很多真正想做的事還沒做不是嗎？也還有很多好吃的東西還沒吃呀。也還沒和正妹上過床。工作，或者說也還沒找到有意義的人生志業。根本什麼都還沒有，不是嗎？」

我說了有如爸媽或老師會說的話。崇仔泰然地說：

「我就說，都算了吧。你看看我們學校的學長，大家不都是活在社會底層嗎？正因為還是高中生時一無所有，反倒也不會幻滅。一旦畢了業，等著你的，只有一輩子不斷延續的下坡路而已吧。在變成負數之前，以正負相抵歸零結束一切，不是還比較好嗎？」

我很火大，一口吃掉兩片炸豬排。他說的確實沒錯，我們學校的畢業生不是都到工廠做事，就是去開卡車，不然就是在餐廳洗盤子。並不像有什麼太了不起的夢想可以懷抱。

「或許是那樣沒錯啦，但人生不只是什麼正數或負數之類的東西吧。你該不會因為這樣就自暴自棄……」

我差點就漏了口風，講出「跑去當擊倒強盜吧？」

「……做出什麼奇怪的事吧？」

「什麼啦，奇怪的事是指什麼？」

他又是那副不知道在想些什麼的表情。基本上，崇仔的表情超難判讀的。

「唔，沒什麼。崇仔，咖啡豬排四百七十圓和果汁錢三百圓要給我。」

他從口袋裡毫不遮掩地抽出千圓鈔票，直向折成兩半，向我遞出。

「你還幫我拿成績單來，不用找了，收著吧。」

以前崇仔連只差一圓也都要算得清清楚楚的，這是異常狀況。雖然我不知道為什麼，他似乎身上滿有錢的。我腦海再次浮現擊倒強盜這個字眼。

「那不好意思啦。」

我必須設法找個藉口，查探一下這傢伙的夜生活不可。不光是因為這裡的老大拜託我，也是因為我想要守護崇仔。就像其貌不揚的吉岡刑警以前為我做的那樣。畢竟，崇仔是個有將來的好孩子，這一點我再清楚不過。

正當我在心裡緊緊握拳時，崇仔說：

「幹麼啦，阿誠，你今天很噁心欸。」

讓警察把你抓走算了啦。把你關進少年感化院算了啦。我一面這麼想著，一面把剩下的咖哩吃光。

玻璃門在我們吃完飯後三十分鐘左右打開。是用三角巾繞過脖子吊住右手，剛出院的宮哥。

「您辛苦了。」

我和崇仔異口同聲說道。接著我問：

「右手的狀況怎麼樣？」

「雖然不方便，但不做什麼動作的話就不痛哩。負責帶復健的護理師根本是惡魔，明明我手上裝了鋼板，她卻叫我動一動手指咧。冷氣明明很涼，可是我痛得滿身大汗。」

我不經意地問了問：

「你說的護理師是女的嗎？」

宮哥臉紅了。這個學長也會露出這種表情。

「嗯，是個個性很強、身材亂高一把的女人哩。」

「啊，你的菜。」

我和崇仔再度異口同聲。身材不高的宮哥，對於身材高瘦的女人完全招架不住。而且個性又強，不能再棒了。

「很吵欸你們。少在那裡亂猜。倒是你們有聽說嗎？」

崇仔把籃子裡的代幣倒進代幣販賣機，發出嘩啦嘩啦的聲音。

「聽說什麼？」

「那個紫衣肥仔的事呀。那傢伙，聽說送醫了。」

崇仔抬起臉，眼神一本正經。

「因為和我哥對打嗎？」

宮哥露出不太開心的表情。

「不，不是。你哥的拳那麼俐落，不必擔心會有後遺症。昨天，一群黃色小鬼跑到他的根據地新宿去。聽說是三、四個人的樣子。他們去招惹新宿那些人，那個叫後藤的紫衣肥仔，在他們團隊裡是類似突擊隊長的角色。他在黃色那群人的挑釁下接受單挑，地點聽說在某家已破產的公司倉庫。」

這個世界很寬廣，除了猛哥以外，還是有小鬼能打倒那樣的怪物。

「我不清楚對戰的情形，但似乎是一面倒。後藤的膝蓋也被弄壞，現在聽說非得拄著枴杖才能走路。」

我想起紫肥仔把他的腳尖高高地往上踢到夏日的天空中。那個動作真的很值得一看。後藤再也不能再踏腳這件事，總讓我覺得是很大的損失。崇仔敏銳地問道：

「黃色是哪裡的隊伍？」

「埼玉。好像叫Rhinos什麼的。那是什麼意思呢？」

完完全全疏於防範的死角。東京各大鬧區固然組成了鬆散的團隊聯盟相互對抗，現在卻突然冒出來自埼玉的刺客。而且還跳過池袋，直接瞄準位於正中央的新宿。

「阿猛已經發出警報，一看到黃色的小鬼，就要小心。不要出手，馬上透過聯絡網逐一通知大家。可惡，要是我的右手沒變成這樣就好了。喂，你們兩個，可以走囉。再來交給我來就好。來，給你們一些零用錢。」

又收到一千圓。這可不算小錢。

♛

結業式過後，會奇妙地變成感到有些寂寞呢。

暑假確實很讓人開心，但不能和原本每天碰面的學校朋友們見到面，還是有點寂寞。我或崇仔這種沒參加社團的人，更是如此。我們家很窮，已經七、八年沒在夏天去哪裡旅行了。唔，與其和老媽兩個人住旅館，還不如在自己房間睡覺比較好。

我和崇仔在池袋混到晚上。跑到另一家遊樂場去，打了保齡球，到巴而可百貨亂逛，累了就到飲料免費的網咖去殺時間。晚餐吃麥當勞，兩個百圓漢堡配自己帶進去的可樂。一如往常的池袋夜晚。

這是我採取的策略——以這樣的方式和崇仔胡混在一起，查探他晚上的情形，不讓他單獨行動。不過，有一部分也是因為我不想回家而已。對高中生來說，家庭真的很像監獄一樣哩。外面很自由，但沒有容身之地；可是家裡待起來又不自在。無處可去。

我們在晚上接近十點時離開網咖。就算是池袋，到了這個時間，人潮也已散去不少。被白天的太陽烤熱的柏油路，仍在釋放遠紅外線，打算把人的身體從裡到外燒個精光。沒有什麼風，潮濕得像集訓中心的浴場。

就在我們穿過東口的風化區，差不多要回家的時候，有人出聲叫我。

「啊，阿誠。」

沒印象的聲音。由於我熱得心煩意亂，一轉頭就大叫：

「哪裡來的哪個傢伙？誰准你隨便直呼我名諱的？」

地點剛好在脫衣舞劇場的正前方。AV界的新星降臨本劇場。手繪的海報很有味道，不錯呢。

「等一下啦，誠同學。」

發著抖站在那裡的是我們班的傢伙，一個幾乎沒開過口所以沒什麼存在感的小鬼。我記得他名字是藤本翔汰還是翔吾。唔，沒差啦。他是好人家的一般小孩，飛機頭只是好看的而已。

「咦，藤本，你怎麼臉紅紅的？」

他挺起了胸。黑色的T恤不是我身上這種便宜貨，應該是聖羅蘭或是克莉絲汀迪奧的，是一件要價達兩、三萬的名牌。他的脖子上戴著一條看起來很重的銀項鍊。

「我剛才去喝了一杯。噢，安藤同學也在呀。」

藤本迅速地從頭到腳掃視了我和崇仔後，表情變了。

「你們，今晚等下有空嗎？」

我和崇仔面面相覷。崇仔點了頭，所以我問：

「要去哪裡？」

藤本好整以暇地說：

「到我常消費的酒店去。」

我差點沒昏倒。這麼不起眼的小鬼居然那麼常上酒店？才十七歲。

「你開玩笑的吧？我們可沒錢哩。」

藤本咧嘴笑著，第一次攬了我的肩膀。他在教室根本都沒靠近過我的說。

「沒關係，沒關係。錢的事不用擔心無妨。我請你們！好了，走吧。那裡有很多正妹唷。」

似乎是個很會說好聽話的傢伙。

「哎呀，真是一表人才的客人，歡迎光臨！」

小弟以粗大的嗓門喊道。店裡全是玻璃與鏡子的裝潢，店名叫水晶宮殿。地板是玻璃材質，下面撒了白砂，還裝了藍色的霓虹燈管，有一種詭異的美。沙發座位的邊邊是水晶珠簾，四處都閃亮亮的，音樂只聽得到貝斯合成器的嗡嗡聲而已。

陪在我旁邊的是紗也加（明明很瘦卻唯獨胸部大，長得還行），陪在崇仔旁邊的是克萊兒（戴彩色隱形眼鏡的藍眼珠日本人，最漂亮的），陪在藤本旁邊的是自稱主管的艾蜜莉（娃娃音的長舌婦，上臂起疹子）。大家都穿超級迷你裙，都快看到內褲的三角形輪廓了。膝蓋上面放了一條勉強擋住內褲的荷葉邊手帕。是不是連這些都包括在制服的範圍內呢？藤本說：

「艾蜜莉，來一瓶老樣子的香檳。」

「多謝惠顧。香檳王一瓶！」

小弟又複述了一次，香檳王一瓶。

「這兩位在池袋這裡是有些名氣的名人，可要給我好好接待唷。這位是誠哥，他講話超有趣的，無所不知，頭腦很好。」

我有些飄飄然起來。藤本眼裡是這麼看待我的呀？真可愛的傢伙。女生們哦的一聲，給了個沒什麼興致的回應。

「再來，這位是崇哥。聽了妳們會嚇到，他可是池袋的老大安藤猛的弟弟呢。」

「哇！哇！」

女生們發出如警報般的尖叫。我是頭一次看到女生叫成這樣，像漫畫中的擬態語一樣的聲音。

艾蜜莉雙手奉上名片說：

「我是猛哥的忠實粉絲。請你幫我和他說，下次大家一起去吃個飯。」

紗也加和克萊兒異口同聲說：

「只有艾蜜莉去，也太奸詐了吧。要去的話，就要在場的所有人都去啊！」

藍眼珠的克萊兒靠近崇仔的臉說：

「但仔細一看，崇哥也很帥。是個型男！」

到底為什麼呢？光是型男這個字，似乎就能讓女生發情。真是單純的生物。雖然沒人說過我是型男，但我不在乎。因為我雖然沒有長相，卻有文字。藤本似乎不太爽。

「喂喂喂，香檳的錢是老子出的欸。妳們也要好好接待我唷。」

我揉了艾蜜莉那中等大小的奶。我們用送來的香檳乾杯。高腳香檳杯假如用不習慣，會覺得很不方便喝哩。你問我有生以來第一次喝香檳的味道如何？我也不太清楚。我只把它當成是極其昂貴的液體而已。在這家店裡應該一瓶不下五萬圓吧。喝完一瓶後，藤本又叫了一瓶。

他到底是做了什麼，可以賺到這麼多錢？

藤本的老頭應該只是某家中小企業的上班族，一個不幹練的業務員。

背後一定有隱情。我小口喝著香檳，啃著外面包巧克力的柿種。我一面假裝在聽女生們常講的黃色笑話，一面思考著突然變成暴發戶的小鬼有著什麼樣的另一面。

離開水晶宮殿時，已是三更半夜。

「今晚真是太棒啦。女孩們或許是第一次那麼興高采烈。」

她們那麼開心，幾乎都是因為崇仔加上高價香檳。就連風化區也只剩下零星幾個最後的客人而已。雖然我們已經結業式，但日子還是平日。

「啊，好渴啊。阿誠，崇仔，要喝罐裝咖啡嗎？」

只因為付了錢，就直呼名諱。下學期如果還是這樣，我就好好教訓他一下好了。藤本沒等我們回答，就跑向如燈塔般冒出來的自動販賣機，帶回冰得教人受不了的罐裝咖啡。輕率的傢伙。

藤本的神色突然認真起來，對我們說：

「只要十分鐘就好，可以嗎？有點事找你們聊，不是什麼壞事，是要讓你們鈔票滾滾來，像你們今晚看到的那樣。」

說來湊巧，我們前往的地方，剛好是猛哥與紫肥仔上演死鬥劇碼的那個兒童公園。這個時間完全沒人。半夜的大象溜滑梯看來真是淒涼啊。我們各自隔了一點距離，在圍住生鏽鞦韆的鐵欄杆上坐下。

「是真的很簡單的工作。我也是在本地學長的邀約下，剛開始做三個月而已。」

為了證明自己是暴發戶，他從口袋裡抽出一卷萬圓鈔票給我們看。用橡皮筋綁住，大概有三十張。我說：

「你靠這工作就賺那麼多哦？」

「嗯，狀況好的月份可以破百。我說一個人唷。」

崇仔沒作聲。

「反正不出什麼危險的工作吧？」

藤本不斷搖手否定。大概再兩、三班，就是山手線的末班車了吧。駛過我們身旁、照亮軌道旁碎石的電車，在夏天的夜裡真是涼啊。

「不危險，不危險。只要在祕密基地打電話就好。聽說危險的是負責去把錢領出來的車手。」

崇仔喃喃地說了一句：

「……詐騙電話嗎？」

那是利用電話的新型態詐騙剛出現沒幾年的事。頂多只是不時出現在報紙一角的小案件罷了。月入百萬圓是嗎？光是暑假，就能賺到三位數的錢。藤本講的如果是真的，全東京的小鬼搞不好都會跑來。

「怎麼做？」

「我就講啦，只要到祕密基地上班，每天早上九點到下午兩點，一直打電話就好啦。實際工作時間五小時。電話內容上面的人已經想好了，只要重複使用就可以。上面要我找人進去，我想說阿誠能言善道，崇仔的聲音又好聽，就問問你們。橋爪先生也常說，這份工作的關鍵在聲音。啊，橋爪是他的化名。」

似乎真的是危險的工作。我家和崇仔家都是母子單親家庭，崇仔的媽媽還經常住院。由於崇仔絕不會讓人看到他不完美的一面，因此每天他都是自己把開襟白襯衫燙平。說到錢，我們倆都是缺得要命。而且總覺得做壞事有一種刺激感，好像很有趣。那是大家都還不清楚詐騙電話實際運作狀況時的事。

「你怎麼想，崇仔？」

崇仔的眼底沉著一股奇妙的光芒。

「有何不可？在咬上一口之前，怎麼知道是什麼滋味？」

這傢伙說好的話，那應該就沒關係，反正隨時可以抽身。唔，一點小小的詐騙應該不致於要人命吧。

「好。你會幫我們向那個橋爪先生牽線嗎？」

藤本開心得快要手舞足蹈起來。妖怪的影子在夜半的兒童公園跳舞。

「我去打個電話。」

他拿著手機離開我們身邊，跑到大象溜滑梯的影子那裡，應該是在向使用橋爪這個化名的男子報告吧。我對崇仔說：

「你怎麼想？」

「沒有特別想法。我們必須了解這個城市的一切，包括它的陰暗面與光亮面。你聽好，阿誠。我不打算一輩子都在社會底層當人家的墊背。總有一天，我一定要來個逆轉。這樣的世界太垃圾。與其在垃圾的世界活得像垃圾一樣，我還不如死了算了。」

這是我第一次得知崇仔的野心。除了感覺到危險，卻也有一股把我吸過去般的魅力。其他大多數人都沒有察覺到，崇仔擁有不輸池袋老大猛哥的吸引力。

藤本一回來就說：

「那，明天早上八點，在東口正對面的三菱東京ＵＦＪ銀行碰面囉。這份工作要百分之百準時，要是晚到個五分鐘，一天的酬勞就減半，一定要打起精神過來唷。」

於是我們就解散了。該怎麼說呢，似乎會是一個亂有趣一把的暑假。

我在距離約定時間還有五分鐘時到達銀行前。

即使是池袋，這個時間還是在尖峰開始之前，因此行人穿越道上只看到零零星星的學生與提早出門的上班族而已。崇仔比我晚了一點也到了。

「時間差不多了呢。」

就在我確認手錶時間時，藤本和一個身著黑色皮襯衫的高個男子，從眼前的咖啡店現身。他的銀色飾品和藤本的很像，骷髏頭與鏈子，隱約給我一種硬要耍時尚的感覺。這傢伙該不會根本沒有時尚品味吧？

「你們就是阿誠和崇仔嗎？我是橋爪，多指教囉。等下再聊，先請你們趕快幫我做點事。」

他交給我們各兩張提款卡。我和崇仔及藤本默默收下。完全不知道要幹麼。卡片背面以奇異筆寫著四位數的密碼。

「那就先把這錢存進去，再馬上提出來。」

這次各交給我們兩張千圓鈔。我看向崇仔的臉，他對我點頭。他應該也察覺到了吧，這是要先存後提，確認提款卡還能不能用。一定是不知道從哪個地下來源弄到手的非法帳戶。用於詐騙的帳戶，警方馬上會讓它停用。

藤本戴上了口罩，崇仔也戴上往常帶著的口罩。藤本好心地給我一個沒用過的口罩說：

「下次你自己準備唷。你也不想被監視器拍到臉吧？」

真的。我戴上口罩，在橋爪等在外面的時候，走進銀行的櫃員機區。我按下存款的觸控面板時，手指有點發抖。我不知道這是非法帳戶，只是有人委託我幫忙存提款而已，我還未成年。這種程度的事，一定只要被少年課唸幾句就沒事了。

包括我的卡片在內，六張提款卡全都還能用。橋爪把錢和卡片收了回去。

「跟我來。」

橋爪快步前行，我們默默跟在後頭。

短短幾分鐘，我們來到豐島區公所後面，進入一棟外面一整片沙色磁磚的大樓。橋爪帶著自動鎖的鑰匙。我們沒搭電梯，走安全梯到四樓。樓梯間對面的門上寫著四〇六室。

門一開，玄關滿是運動鞋。這裡到底有幾個人？我們沿著走廊往後面走，客廳大概二十張榻榻米大，排了三排長桌子。有一面白板，椅子每排各五張，被年輕小鬼坐到差不多滿了，全都是男的。除藤本之外，沒有一張臉是我看過的。藤本拿出自己的手機說：

「關掉電源，放到那個籃子裡。在這裡的時候，不能打開手機電源，也禁止用手機。違反規定的話，會有嚴厲的處罰。」

我和崇仔面面相覷。看來像百圓商店會賣的那種塑膠籃子裡滿是手機，每一支都掛了吊飾。我和崇仔也關掉電源，把手機放進去。這讓我想到麵包店的購物籃。手機電話堆成一座山，好像剛出爐的可頌麵包。

「這樣就行了。快要開晨會了，你們可以先悠閒一下。」

我在空椅子上坐下。有人在看雜誌，有人在聊天，有人看向空中在發呆。這些頂多只有二十五、六歲的小鬼，似乎都在等待晨會開始。牆上和一些公司的業務部一樣，貼著一張長條圖。我問藤本：

「那張圖表是幹麼的？」

「公司的業績。每星期的最低目標是一千萬圓。」

一千萬呀？圖中有六根長條，其中有四條超過目標。業績最好的那星期是目標的兩倍，有兩千一百萬圓。日本這麼不景氣，那樣的錢到底是哪兒來的？

橋爪從後方的房間走了出來。客廳裡原本懶散的小鬼都挺直了背。真的好像教室一樣。這麼說來，他給人的感覺像是前排球社的體育老師。

「今天起我們有新夥伴加入。這位和那位。站起來打個招呼吧，不用講本名。」

我和崇仔站了起來。不報名字的自我介紹，好難哦。

「我喜歡聽和說街頭的有趣八卦，請多指教。那個，橋爪先生，為什麼不要報名字呢？」

橋爪狠狠瞪了我一眼。

「大家彼此不要探詢別人的事，這是規定。這裡不是學校，每個人都一樣，萬一碰到什麼狀況，不交朋友要比交朋友好。換你。」

崇仔鎮靜地凝視著橋爪。

「我希望各位用『在這裡技術最高明的人』來稱呼我。完畢。」

這傢伙的幹勁是有多高啊？我難以置信地看著自己的同學。橋爪一臉開心地說：

「你的聲音很好聽哩，似乎可以贏得客人的信賴。唔，你們兩人今天都是第一天來，先好好觀察一下周遭的狀況囉。」

下一個瞬間，傳來啪的一聲，緊張感在客廳裡蔓延。是橋爪一掌打在白板上。

「機車快遞，你過來一下。」

大家在這裡似乎都是用綽號相稱。一個男生慢吞吞地站了起來，走到前面。他身上穿著某機車快遞業者的夾克，手肘的地方磨破了。難得有個三十多歲的。他的頭髮已經在掉了。

橋爪咋舌道：

「你真是個無可救藥的傢伙欸。叫你演戲也不會演，還給我在這棟大樓裡用手機。有人看到囉。」

這個一路打工到三十多歲的微胖男子，似乎沒有感到什麼罪惡感。

「哎呀，我以為只要不在這一戶裡面用就行，只是跑到安全梯那裡去發個簡訊而已。這樣應該沒關係吧？」

哇，真是個不懂怎麼道歉的傢伙。橋爪變得更不爽了。

「你到底知不知道，你把什麼東西曝露到了危險中？是這裡的每個人！我說過，至少在走到池袋站之前，都不要打開手機電源。你真是個罵再多次都學不乖的傢伙哩。」

橋爪焦躁地叫道：

「和機車快遞同一組的人，到前面來。」

年輕男生一個接一個走出來，一共三個人。所以是四人一組行動嗎？

「你們給我揍機車快遞。不可以揍臉哦。」

三個人當中，有兩個人怯懦地露出厭煩的表情。另一個則看來開心。穿著蜘蛛人T恤的最矮那個小鬼，以拳頭砰的一聲揍了機車快遞的肩膀。這大概只有玩捉迷藏時抓住鬼的那種力道而已。

「不行。再給我認真一點揍。這傢伙做事太隨便，可是會把這裡的所有人都拖下水的。聽好了，我們就算只是初犯，也是會被判坐牢的唷。沒有緩刑。難道你們想進少年感化院或監獄嗎？」

小鬼看了看橋爪後，這次用了自己大概一半的力道揍機車快遞的肩。

「下一個。不要放水。」

一個在室內也戴著棒球帽，看來像大學生的男生，站到了機車快遞面前。

「抱歉啦。橋爪先生說要打的。」

他腰一扭，著著實實地揮出拳頭，但用的似乎不是他慣用的那隻手，砰一聲打上機車快遞另外一邊肩膀。不凌厲的左勾拳。機車快遞撫著他的肩膀，看起來很不爽。這傢伙是否一向如此，不管別人對他做什麼，都噘著嘴忍下來呢？年過三十，參與電話詐騙，還被同一組的年輕小伙子打。我想起昨晚崇仔在公園說過的話。一輩子都在社會底層當人家的墊背度日。

「很廢欸你們。」

剩下一個人，和橋爪一樣穿著昂貴黑色皮襯衫的小鬼走到前面。這個小鬼皮膚是像墨西哥人般淺黑色，瘦瘦的，綽號好像叫日光浴沙龍吧。他的下巴處長著尖尖的鬍鬚。以為自己很帥嗎？他左右晃動身體，輕輕揮出右前臂，假裝自己是拳擊手。

「要揍人的話，就要這樣揍啦。」

機車快遞首度露出害怕的表情。竭盡全力揮出的拳頭打進鬆弛的肚子裡。這是一記沒有用腿踢也沒有扭腰的右勾拳。但使勁全力打出去，仍有相當的威力在。雖然沒辦法和猛哥的拳頭相提並論，機車快遞還是抱著肚子蹲了下去，聽得到他在呻吟。其他那堆小鬼，只散發出不甘我事的氛圍在一旁看著。

橋爪似乎馬上就對機車快遞失去了興趣。他無視於那個在自己腳邊捧著肚子的男人說：

「這星期快達成業績目標了。假如今天上午達成，我就請大家吃特級壽司。盡全力好好拚。喂，機車快遞，下次再犯錯，就把你降級成車手哦。」

機車快遞就在捧著肚子，要回到自己座位的途中，發出了歡呼聲。

「太棒啦！大家加油，吃壽司吧。」

這種不協調的感覺是怎麼回事？大家都說我們高工的水準很低，但在我們教室裡，也沒有事不關己、冷淡到這種地步。

九點一到，房內的小鬼們全都一起開始撥電話。

只要看著名冊，機械式地一通通打就好。使用的是商業用途的空頭手機。大部分都是一打就被掛掉，但也有一些是有接通的。出乎意料，率先擊出安打的是機車快遞。他一副真的快哭的表情，叨叨絮絮地描述著情節。

「是我……我和流氓的車……發生事故……怎麼辦？」

周遭的小鬼全都屏住呼吸，注視著機車快遞。

「怎麼辦……怎麼辦……現在是準備要升官的時候……事故不能讓公司知道……」

我驚訝的是，機車快遞真的哭出來了。他眼睛紅通通的，淚水快要奪眶而出。被人找來的橋爪，站到了白板前面，用馬克筆寫了一句：再加把勁。機車快遞點頭後繼續說：

「發生事故這件事……不想讓我們公司……還有老爸知道……」

他發出像是過度換氣的喘息聲。阿吉，你沒事吧？手機連上麥克風，大嬸的聲音經過小型揚聲器擴大後，整個房內都聽得一清二楚。機車快遞哀求道：

「他說只要付他三百萬圓……就饒過我……好可怕的人……」

橋爪寫了一句：換人講。剛才揍過機車快遞的日光浴沙龍搶走空頭手機。

「妳是在囉囉唆唆扯什麼？喂，妳兒子可是開車不看路，引發了事故哩。我的賓士新車要怎麼賠我啊？後照鏡斷了，門也凹凹凸凸的耶。要不要把妳兒子也變成像這輛車一樣啊？可別以為他可以手腳無缺地回家哦。」

原來如此，每個人都有他擅長扮演的角色。機車快遞把臉靠近手機大叫道：

「請你住手，不要再打我了！」

隔壁長桌的小鬼按著嘴強忍大笑。橋爪瞪了過去。日光浴沙龍叫道：

「要是在今天以內湊齊修理費三百萬圓交出來，我可以不追究。還是妳要我帶著他到他公司去發一頓脾氣？我很火大。」

他一掌打在桌子上。機車快遞發出短促的慘叫聲。日光浴沙龍和機車快遞應該是平常就彼此處得不好吧？這與其說是逼真的演技，不如說是把真心話叫出來。

「媽，求求妳。幫我匯修理費。再這樣下去，我會被黑道帶到山裡給埋了。」

橋爪在白板上寫下：不要太誇張。確實，假如只是擦到人家的賓士就要被活埋，那東京近郊的山裡應該早就滿是屍體了吧。接著，橋爪又把銀行與分行的名稱，以及帳戶編號和戶名潦草地寫在白板上。那是我先前存錢又提錢的金融卡號碼。日光浴沙龍吼叫著大聲讀出來，但中間吃了一次螺絲。這傢伙只會讀銀行名稱，卻不知道怎麼讀麴町分行。橋爪焦急地告訴他怎麼讀。

「知道了嗎？今天以內哦。要是還愛惜妳兒子的性命，就趕快給我匯。」

「求妳了。要是媽還疼我，就請妳救救我。我會好好孝順妳的。」

機車快遞已經哭慘了。是個演技派。再來只差臨門一腳了。屋裡的小鬼都很興奮，聚精會神地聽著。這時，大嬸說出了令人難以置信的話。

「知道啦，阿吉。但光靠我的私房錢不夠，我會打到你爸公司問他。你等一下，十分鐘後你再打來。一定可以的。媽媽會幫你的。」

電話突然就斷了。

「可惡！！」

橋爪踢飛了垃圾桶。這種事不知道發生過幾次？金屬圓柱四處都是凹凸不平的痕跡。十分鐘後，機車快遞又打了同一個號碼，但沒人接。

「好可惜啊，下次再加油。」

小鬼們紛紛給予聲援。該怎麼說呢，就像是兩出局滿壘時，打者打出有機會成為安打的中間方向高飛球，結果被飛撲接殺一樣。與其說這是電話詐騙集團，不如看成是運動社團的社團活動。

這是那天上午的精彩橋段。

十一點半時，橋爪把我和崇仔叫去後面的房間，裡頭有書桌、沙發，角落有個看來很重很有分量的防火保險箱。橋爪從脖子的鏈子上取下鑰匙，打開保險箱的鎖。

「頭給我轉過去。」

他在轉盤式密碼鎖上轉了三次數字。我把頭別過去，但崇仔泰然自若地盯著橋爪的背後看。橋爪一面用身體擋住，一面把錢拿出來。幾張一萬圓鈔票。隔著他的肩頭，可以看到裡頭有二、三十綑的百萬圓鈔票。關上保險箱後，他拿了一萬圓給我們。

「你們去買午餐回來。暖暖亭的炸雞塊便當十四個，再買三瓶茶。」

他咧嘴笑了笑，盯著崇仔說：

「我們公司怎麼樣？」

「很有意思。橋爪先生背後是不是有什麼靠山呢？」

直指核心，這問題很有崇仔的風格。

「嗯，有很強大的靠山。但我說新來的，做這份工作最好別對各種事情感興趣。假如你一無所知，就算被抓，他們也無法對你提告。」

就算被警方逮捕也無法自白。這倒是。

「這裡的夥伴們沒人認識車手。有人專門收集電話名冊，有人專門賣空頭手機，有人負責出最初的資金，有人負責找車手，有人負責想電話詐騙的情節。大家都是獨立行事，相互都不認識。就是這樣的制度。」

橋爪滿懷熱情地看著崇仔。

「我自認很有看人的眼光。我並不打算長久只開這家公司就算了。你們和這裡的小鬼不同，假如你們認真做，我可以教你們知識與技術。如何？要不要在我下面開公司？那樣的話，我可以讓你們口袋裡隨時都能擺著這樣一綑東西哦。」

他向崇仔招手。崇仔穿著白色的鈕釦領襯衫，橋爪冷不防就把一綑上面還有綁帶的百萬圓鈔票塞進他的胸前口袋。我瞪大眼睛看著我同學。在高工吊車尾的我們兩人，可以隨時有百萬圓現金當零用錢。假如這麼好康，不管誰都會迷上做電話詐騙吧。

橋爪看著崇仔好一陣子後說：

「你似乎很冷漠，就叫冰。至於你……」

他會幫我取什麼綽號呢？好忐忑。既期待又怕受傷害。

「就叫香瓜。好了，去買便當回來。」

難道橋爪知道我家是開水果行的嗎？有一瞬間我有這樣的想法。我看向崇仔，他正強忍著笑意。冰與香瓜？冰香瓜嗎？這肯定是橋爪喜愛的味道吧。他把我當成崇仔的跟班。雖然我心裡很不爽，依然面不改色。總有一天，我一定要對這傢伙還以顏色。

一走出大樓，外面是氣溫破三十度的夏日。積雨雲以爆裂之勢在空中湧現，背景像是一個湛藍的游泳池。上班族穿著涼鞋上定食店，穿著像泳裝的女人們一個個被池袋西武百貨給吸了進去。

我和崇仔漫步走向位於東口酒館街的暖暖亭便當。

「問你哦，口袋裡有一百萬圓，是什麼樣的感覺？」

橋爪馬上就把鈔票抽走，連碰都不讓我碰就收回去了。錯過那次機會，我或許一輩子都摸不到用綁鈔帶綁起來的鈔票綑了。

「沒有金錢的感覺，好像玩具一樣吧。」

「對公司你有什麼看法？」

等待紅燈變綠燈。站在前面的中年上班族身上，傳來一陣不明所以的髮膠味道。腋下因為汗水而濕掉的這個大叔，究竟得工作幾個月才賺得到一百萬圓呢？由小鬼們組成的詐騙社團，是吧？與其被黑心企業用後即丟，還不如自己變成利用別人的那群人。我深知小鬼的心理。只不過……

「詐騙也好，犯罪也罷，我都無所謂。但他們那樣的手法，我不覺得能夠長久持續使用。」

「說起來真的是這樣呢。怎麼說呢，我也覺得那不合我的美學。」

崇仔笑了。那是如夏日天空般的乾笑。

「身上穿著三件一千圓的T恤，還講這種話。但或許真是那樣呢。與其做電話詐騙，還不如和你一起巡迴各地打代幣遊戲還比較好。」

我贊成。變綠燈了。

「對啊。你還記得機車快遞那副哭臉嗎？那是一種才能呀。那傢伙很厲害。崇仔絕對不可能哀求對吧？」

我們一面笑著，一面過行人穿越道。

午餐時間只有十五分鐘。

大家狼吞虎嚥嗑掉烏龍茶與炸雞塊便當後，馬上又開始打電話。三個小組之間似乎在比較成績，競爭心很強烈。全組人員一起，逐步把撞到黑道賓士車的故事演出來。我本來以為沒人會被這種故事騙到，但人一旦驚慌，出乎意料的就會失去理性。或許是因為日本人認為懷疑別人是不對的。

剛過下午兩點，橋爪走了過來，對我和崇仔說：

「你們應該已經很清楚怎麼作業了吧。那就給我稍微試第一次看看。」

空頭手機傳到了我手裡。我看了名冊，上面的標題是購買高價羽毛被的顧客，第四冊。世上竟有笨到和被人家拔去羽毛的野鴨一樣的冤大頭。我全無幹勁，真希望隔天警察就趕快把我抓走。無可奈何下，我撥了手機。接的是個中年大嬸。

「是我啦，我。我出了點事故，現在很困擾。」

應該有人出了事故也不會哭的吧。這是我自己設想的演法。

「你出了什麼事？」

「不知該從何說起。我跑業務的時候不小心擦撞到一輛黑色的賓士車。要是被公司知道，我就慘啦。之前已經出過一次事故了。」

「你在搞什麼啊？和你爸一個樣，開車技術那麼爛。」

「抱歉，抱歉。我真的很不會開。」

我心想，原來是這樣呀。原來這個家庭是這樣的狀況啊。雖然講話難聽，但家人間的感情似乎很好。或許是察覺到對方好像快上鉤，橋爪走了過來。我看到白板上寫著「講太久了，換冰來」。我把手機丟給崇仔，他在空中接住，一面戴上麥克風，一面以極其冰冷的聲音說：

「不好意思，我們老大叫我幫他追究事故的責任歸屬。可以告訴我府上的住址嗎？等一下會帶著令郎過去拜訪。」

很強硬的口吻。橋爪對於新進展感到十分欣慰。再多推一把，再多逼迫一點。我認為電話詐騙是一場在心理上創造優勢的比賽。固然有些被害人會相信你的故事，但應該也有一些被害人則是想要逃離心理壓力，才匯款的。

「令郎擺明他既不希望公司知道。也不想動用保險金，還說他自己沒錢。嗯，就是一個人渣。雖然也可以直接把他抓去賣了，但還是想說，給他的家人最後一個機會。」

我好驚訝。崇仔即興編出先前沒聽過的新情節。原本只是嗯，嗯地應著聲的大嬸說：

「那孩子總是這麼沒出息呀，很傷腦筋。請把他賣掉吧，賣到深山裡的工人宿舍去，或是賣到捕鮪魚船上也行。請你叫我家孩子聽一下。」

咦，故事的走向變了。橋爪與小鬼們都驚呆了。我接過手機後，大嬸說：

「那個，我說你呀。我家兒子既沒有駕照，也不是做業務的。別再做這種壞事了。你們的媽媽會落淚的。聽懂了嗎？回答！」

「是，對不起。」

「答應我，要真的收手不做。做壞事總有一天會東窗事發的哦。」

「是。」

周遭的高亢氛圍整個消散無蹤。橋爪這次沒寫白板，而是大叫道：

「趕快掛掉！那個死老太婆是在妨害業務。」

妨害電話詐騙的業務。雖然好笑，但我沒笑。下午三點，電話詐騙的營業時間結束，有小組還要加班，拚命用空頭手機把名冊消化掉。

「是我，我換手機號碼了，你改一下。我現在很忙，會再打給你的。」

迅速掛斷。原來如此，高招。這樣等下次再打時，就不會被懷疑電話號碼了吧。或許其中還有用空頭手機的號碼，把自己親兒子的號碼蓋掉的大好人。

電話詐騙固然有一套設計精良的架構，但如同所有工作一樣，總得認真去做，才會有成果。非法事業依舊是一種事業。

日光浴沙龍走了過來，向我們說：

「喂，冰。你們如果有空，等下要不要一起去喝一杯？我請客哦。」

是要邀請我們加入他的小組嗎？我看著崇仔的眼睛。一片空白。我說：

「不好意思，我和這傢伙今天等下有事。」

崇仔只欠了欠身，就離開房間。我也跟在他身後。冰和香瓜非得要在一起不可。

盛夏的下午四點過後，依然像正午那麼熱、那麼亮。

由於一早就開始工作，這一天變得很長。我在豐島區公所前向崇仔說：

「你等下要做什麼？」

他打開手機，確認螢幕。

「不，沒什麼事要做。剛好有點時間，想說要去我媽那裡露個臉。」

「那，先去我家一下吧。」

「每次都這樣，不好意思哩。」

聽說崇仔的母親不知道是肺很虛弱，還是心臟很虛弱，還是二者都虛弱，經常反覆出院又住院。她和我老媽感情很好。我們走進東口的風化區，看到了昨晚碰見藤本的那家脫衣舞小店。白天的霓虹燈有點模模糊糊的，看起來很淒涼呢。

「那家公司，崇仔覺得如何？」

「這要怎麼說呢。好像社團活動一樣。」

我也是這樣覺得。

「完全沒有什麼罪惡感之類的哩。只不過是把老人家存起來的錢，稍微騙一些過來而已，不會特別覺得有什麼，大概是這種感覺吧。」

我抬頭看著風化區巷子的寬度所切割出來的那一塊細細的夏日天空。耀眼的積雨雲切片。黑心企業以低薪壓榨年輕小鬼。在低到連把自己的基因傳到未來的希望都捨棄掉的工資下，那些小鬼當中一部分脫序的傢伙，就會出於想要反擊這個世界的想法，從老人家那裡騙取金錢。對於已經看破，覺得這個世界到頭來全都是彼此騙來騙去的小鬼來說，這份工作還可以賺錢，應該是不錯的工作。崇仔低著頭，視線落在不知道是誰丟在地上的免洗筷上。

「我也想要錢，但那種作法是行不通的。那麼高調太危險，而且遲早會被警察或黑道盯上吧。不知道有沒有更好的方法可以運用年輕小鬼的力量呢？明明池袋有很多這樣的傢伙。」

道路前方的便利商店，有一群人圍坐在那裡，像街頭的烏鴉一樣喧鬧著。雖無金錢與智慧，卻唯獨有充足的時間與精力的小鬼。他們缺乏的，只是好好賺錢的方法而已。我不知道崇仔還會思考這樣的事。他看著便利商店說：

「我在想，總有一天，我要為池袋這裡的那種小鬼打造一個容身之處。」

我觸及比較敏感的話題：

「你哥哥猛哥，不是就打算做這樣的事嗎？」

「或許吧。但我哥人太好，完全不懂怎麼管理金錢，我很擔心。這次的事，絕對不能和他說哦。倒是阿誠，你對那個橋爪有什麼看法？」

穿著黑色皮襯衫，掛著一條上面串著鑰匙的純銀鏈子。很好理解的男人。

「一點都不帥。高中的時候，在班上一定很邊緣吧。看起來不危險，他說有組織當靠山應該是在唬爛。是個高不成低不就的傢伙呢。總覺得像個邪派的打工組長。」

崇仔發出短促的笑聲。

「邪派的打工組長嗎？這個名字不錯呢。你呀，有時候都會用一些很獨特的形容方式哩，香瓜。」

「別開玩笑了，冰。把你從頭部開始融掉哦。」

雖然不值錢，那卻是我的特技。

「小崇，你來得好。」

老媽以絕不會對我露出的笑容迎接崇仔。夕陽總算照到水果行的店頭了。猛哥和崇仔這兩兄弟，在我的朋友當中似乎是最優秀的。這種時候，崇仔也會裝出乖孩子的模樣。規規矩矩地鞠躬，以及大聲而清楚地說話。明明到剛剛為止都還待在搞電話詐騙的公司裡。

「好久不見了。總是受到阿誠的照顧。我來幫忙吧！」

崇仔把手伸向老媽搬出來的剖成兩半的西瓜。是三浦半島產的大玉西瓜。崇仔把店頭包好的西瓜逐一排好。

「小崇你不用幫忙沒關係啦。喂，阿誠，你動作給我快一點。」

老媽說著，開始挑選要帶到醫院去的伴手禮。切成四分之一的西瓜，以及香瓜。再各帶一點奇異果與香蕉。

「啊，對了。我有東西要你們幫我拿給阿華。等一下。」

崇仔的媽媽叫安藤華英。和我家普普通通的老媽比起來，她美了好幾倍。敵人從二樓拿下來一個大紙袋。

「內衣和睡衣，以及毛巾被。這種東西不好叫男生幫她帶吧。在伊藤洋華堂便宜買的。」

崇仔這次是真心地鞠躬。

「謝謝您總是幫忙。我家沒錢，沒辦法回報您。」

這話讓我深受感動，但要我向老媽低頭，我死都不要。

「有什麼好謝的啦。我媽愛買便宜貨，一發現有特賣商品，都會覺得如果不買一下就虧到了。反正就是中年寡婦在抒解壓力罷了。」

老媽狠狠打了我屁股一掌。

「沒大沒小在那裡講什麼。但阿誠算是說對了一半啦。好了，你們快去吧，可以的話，回程再過來這裡，我們三個一起吃晚餐吧。」

我們在西一番街上漫步。崇仔的媽媽住的都立醫院位於要町。接近黃昏時分，店家開始在招徠客人了。有菲律賓酒吧的女生穿著超短迷你裙在發傳單，也有債台高築、在住家私營半套店的中年男子在路上拉客。由於我們從小看慣了，憑感覺就知道哪個人散發出危險的氛圍。

「要是我有錢，我一定會找個很棒的禮物送給阿誠的媽媽。鑽戒或是包包之類的。」

我想像著老媽收到崇仔送的蒂芬妮鑽戒與愛馬仕包包後的樣子。不寒而慄。

「拜託不要。有錢的話你就花在自己身上吧。那傢伙有伊藤洋華堂就很夠了。」

「你真的是不懂耶。你媽媽很美不是嗎？」

盛夏的午後陽光照著我，我卻冒出冷汗。

「你再說下去，就算是崇仔，我也要揍人了哦。」

「好啦好啦。」

病房是個四方形的水泥盒，開著空調。可容納四人的病房裡只住了一個人。窗簾整個拉開，病房空蕩蕩的。

崇仔的媽媽在睡衣外面披著厚毛絨質地的長袍。第一眼看到時，我深感震驚。該怎麼說呢，她的臉頰和眼睛周圍凹陷，似乎是營養失調。我想所謂的憔悴就是這樣的感覺吧。她的頭髮也沒有光澤。

「謝謝你們經常的照顧。請代為問候令堂。就說出院後，我一定要去謝謝她。那我就帶著謝意收下使用了。」

她雙手接過老媽準備的紙袋。崇仔好像有些難為情。令我意外的是，崇仔開懷地講著學校的事、暑假的事，以及池袋街頭的傳聞。雖然他那麼酷，但也還是媽媽的兒子呀。

「對了，崇。我嘴巴很乾，你去一趟賣店。阿誠，你要喝什麼？」

我才剛在家政課學到，清涼飲料當中平均會放十個方糖。

「那我喝健怡可樂好了。」

崇仔斜瞅了我一眼，說了一句：

「你這樣怎麼讓我感覺有點噁心啊。」

「崇！」

崇仔速速離開了病房。剩下伯母和我兩人後，我才察覺到空調靜靜地發出來的嗡嗡聲。

「我有點話想和你說，阿誠，可以嗎？」

我什麼也沒想，馬上回答：

「完全沒問題的。」

「要是，要是我……那個，死了的話……」

我的心臟一度出現令人不舒服的跳動方式。察覺到氛圍不對的伯母說：

「這真的只是在講萬一而已。你就放鬆心情聽吧。」

我用力點了點頭。上高中後，我也或多或少漸漸了解到這個社會的一些事。那些大人說放鬆心情聽聽就好的，往往都是極其嚴重的事。

「他上面的哥哥猛，不需要我擔心。我覺得他行事踏實，為人又認真，很有凝聚人心的能力。」

「是呀。池袋這裡大家都叫猛哥是老大。他還有幾百個粉絲呢。」

伯母微微一笑。盛開的花朵枯萎後的笑容。

「他基本上是個開朗的孩子，給人一種好像總是向著太陽生長的感覺對吧。就像向日葵一般吧。我想，沒必要擔心他會偏離正道。不過……」

我等著伯母講出接下來的話。她要講崇仔的事。

「崇就不一樣了。那孩子的優點大概就是比他哥哥善良吧，可是他的腦袋又動得太快了些。有一點是，他很快就看穿了這個世界的運作機制，或是大人的世界有多狡詐，之類的。頭腦好的男人，都會有一種把世界看得太簡單的心態，對吧？像是覺得這個世界很不公平，所以自己稍微違反規則一下無所謂這樣的事。」

我想起白天看到的、參與電話詐騙那票人的臉。一個個都是瞧不起這世界的表情。那些傢伙也全都有媽媽。

「稍微怎樣一下沒關係。就算幹壞事也無所謂，就是要針對讓我嘗到這種遭遇的世界來個報復。我們家也一樣，自從孩子的爸過世後，就一直很窮。」

崇仔是燙衣服的行家。制服的襯衫他都自己洗，自己燙。我也請他幫我燙過一次，就和洗衣店的大叔一樣好。不管自己家再怎麼窮，他也絕不會讓別人看到自己軟弱的一面。

「說到錢，我家也是窮得可以啊。」

水果行的收入勉強夠養活我們母子倆。打從我小時候，十年來，我們的店面就從沒擴增或是整修得更漂亮過。

「還是比我們家好多了。你媽媽身體很硬朗，又有店可以經營。崇仔其實是個比誰都還體貼，很懂得別人痛苦的孩子。所以，阿誠。要是那孩子變得偏離正道，我希望你能夠把他拉回來。要是他做了什麼錯事，我希望你挺身阻止他。」

這聽起來不是很像交待遺言嗎？由於深感難過以及責任的重大，我的心裡一片亂糟糟的，無法平復。

「雖然崇的哥哥也總是很關心他，但兄弟倆男生和男生之間，似乎還是不容易做到這些事。崇總是會頂撞哥哥。所以我才想說拜託阿誠你。」

伯母抬起原本低著的眼，向我凝望。那是用生命請求的眼神。這個人已經自知來日無多了——不知為何，我有這樣的直覺。雖然我變得好想哭，但還是露出沒事的表情點頭說：

「我知道了。我會盡我最大的努力去做。」

被伯母以那樣的眼神拜託，我還能說什麼？我用力撐著眼睛不讓眼淚流下來，凝視著窗外。在熏得全黑的行道樹樹幹上，長出了色彩鮮豔的夏天葉子。

「對不起呢。難得你來探病，我卻一直在講灰暗的事。阿誠，或許你覺得自己不是什麼特別的人物，但我覺得完全不是那樣哩。你有你很棒的地方。你的心比任何人都還快設身處地感受到別人的傷痛。很少有人能做到這種事。你和崇一輩子都會是很好的搭檔。崇就拜託你了，請你多多關照那孩子。」

伯母看來吃力地在病床上跪坐。她雙手撐著，向我鞠躬。這教我不知如何是好。我止不住淚水，從鋼管椅上站了起來，拭淚鞠躬道：

「我不想讓崇仔看到我這種表情，所以先失陪了。請您幫我搪塞說我有事先走。我保證一輩子都會照著華英伯母的希望去做。所以……」

我沒說「請您再多活幾年」。

「等您病好了，請到我們店裡來。我媽媽也在等您到訪。」

我離開病房，在洗手台洗了臉，跑下滾燙的安全梯。我不想在電梯裡碰到崇仔。

我加入朝車站而去的人流當中，從要町走回家。

我把雙手插在牛仔褲口袋中裡，躬著背快步前行。再怎麼樣想，崇仔的媽媽似乎都活不了多久了。失去了殘餘的支撐，安藤兄弟會變得如何呢？就算不必擔心哥哥猛哥，崇仔確實正如他媽媽講的那樣。我想像著他像日光浴沙龍那樣曬成全黑、穿著黑色皮襯衫的樣子。還有藍色刺青與紋銀材質的鏈子。邪派的打工組長。

我又想像他大半夜穿著黑色連帽外套踮步走著的樣子。他無聲無息地靠近爛醉的上班族，打出如同刀子般銳利的右直拳，再從如砂子做的塑像般倒塌的上班族懷裡抽走錢包。在戴著開指手套的那傢伙手上，有著幾張皺巴巴的鈔票。好煩哦。我彷彿可以聽見崇仔咋舌的聲音。

不知為何，那天傍晚我老是出現一些不祥的預感，讓我火大到不行。我的背後整個籠罩在夕陽下，汗流浹背地回到了水果行。老媽出聲和我說話時，我觀察了她的臉。她的臉頰沒有像華英伯母那樣削瘦，也沒有像她那樣眼睛凹陷。我在心裡想道，感恩。

「小崇他人呢？我煮了三人份欸。早知道只有你一人，我用進口牛肉就好了。」

把重要的獨生子講得像麻煩人物一樣。我瞪了老媽一眼，爬上二樓，沖了冷水澡後，賭著氣一直睡到吃晚飯。

隔天是星期六，一早就很涼。

電話詐騙集團雖然很會使喚人，卻是完全的週休二日制。這是為了配合都會銀行的營業時間使然。烏雲整個覆蓋住池袋的天空，一大片好像無人居住的空房子的窗戶。黑黑髒髒的，淒涼的壞天氣。過了十一點，我幫忙開店工作時，西一番街的那頭出現一張令人火大的臉孔。白襯衫搭黑長褲，以及灰色外衣。全都是合成纖維做的，加一加一共一萬圓的行頭。刑警的薪水是很低的。

池袋警察署少年課的吉岡，對著老媽露出不會露給我看的笑容說：

「天氣變涼了呢。請給我一串那邊的香瓜串。」

店頭擺著削好皮的香瓜與鳳梨串。放在冰塊上面賣，夏天非常暢銷。

「哎呀，歡迎光臨，吉岡先生。」

在老媽伸出手之前，我已經先從香瓜串當中，選了果肉最綠最不甜的一串，遞給了他。真爽。吉岡咬了一口後說：

「哎呀，這個好美味。像這種沒那麼成熟的香瓜，果肉比較脆，又不會太甜，真是好吃。」

吉岡似乎察覺到一件在場任何人都沒有想到的事情。他臉頰微微泛紅道：

「呃，我的意思並不是只要年輕就好啦……那個，成熟的果肉也有它的優點。」

他似乎自己都不知道自己在講什麼。硬把香瓜全部塞進嘴裡後，他邊嚼邊咕噥著說：

「總之，這家店的水果就是好吃。」

四十歲單身，額頭髮線如北歐峽灣般後退，呈M字型的刑警，突然換上一副自以為很帥的表情說：

「您聽說了嗎？」

聽說什麼？老媽露出納悶的表情問道。

「昨天晚上，擊倒強盜在高松一丁目那裡又犯案了。」

我大吃一驚。高松就在華英伯母住院的都立醫院所在、要町的隔壁鎮而已。至少，昨天晚上崇仔人就在距離那裡很近的地方。我回想醫院的探病時間，依稀記得應該是到晚上八點為止。

「案子是幾點發生的？」

吉岡轉向我，嘆了口氣，表情像洩了氣的皮球。

「噢，阿誠你在呀。」

「我一開始就在了啊。我已經問你了，是幾點發生的啦？」

老媽以尖銳的聲音說：

「喂，小子，你怎麼這樣對客人說話！」

我冷靜地報出他的消費狀況：

「每次不是買一根一百圓的水果串，就是買兩百圓的葡萄柚或臍橙，對吧？」

吉岡說什麼也不可能會買五千圓的網紋香瓜。刑警再次自以為很帥地露出苦笑。我超不爽的。

「阿誠總是這麼冰雪聰明，未來令人期待。案子是發生在晚上九時許，遇襲的是四十三歲的上班族。但這次的狀況和往常有些許不同。」

吉岡故弄玄虛，教人好焦急。任何人只要手上一握有獨家消息，就會誤以為自己居於優勢。我嫌麻煩，向他遞出一串鳳梨道：

「這是我們店裡請你吃的。哪裡不同？」

「謝啦，阿誠。一直以來的擊倒強盜，都只打頭而已，但昨天的案子不知為何是打肚子。到底是什麼因素造成的呢？」

我回想起拳擊社的練習場。猛哥示範給崇仔看的，就是一套攻擊軀幹、據說會讓人痛苦到有如下地獄的組合拳。我不由得脫口而出：

「……打腎臟？」

吉岡一嘴塞滿滴上充分糖水的鳳梨說：

「你說什麼？」

「哦，我是問你，那個上班族是不是左右兩邊的側腹挨打，最後是下背遭到重擊？」

吉岡換上警察的表情。雖然汁滴到了聚酯纖維的襯衫胸口上，他還是嚴肅地問道：

「你是在哪裡聽到這消息的？」

「呃，沒有啊。是街頭的傳聞啦。擊倒強盜現在似乎正在練習軀幹攻擊。街頭大家都在講這件事哩。」

等下我應該非得放出這個傳聞不可了。吉岡雖然呆頭呆腦，畢竟是個刑警，別人講什麼，他一定會好好去查證。我好不容易才把想方設法要找我老媽攀談的單身刑警趕走，著手準備開店。

吉岡走掉後，我爬上二樓，拿出手機，站到窗邊。我打了池袋的老大猛哥的號碼。

「嗅，阿誠。早安啊。你主動打給我還真是少見啊。」

「早安。不好意思，你知不知道崇仔昨天晚上九點左右在做什麼？」

我在晚餐時間前就離開了醫院，大概五點半左右吧。崇仔在那之後的行動，我就不知道了。

「我記得他沒回家。我想崇應該是十點後回到家的吧。怎麼了嗎？」

猛哥的聲音很緊張。他感覺到有什麼不對勁。

「剛才少年課的刑警來過。昨晚九點，ＫＯ小子❻又出現了。地點在高松。」

❻ Knock Out，即前文的擊倒強盜。

不愧是猛哥，直覺很準。

「原來如此。崇昨天去我媽那裡探病對吧。」

沒錯。從要町只要幾分鐘，就能抵達再遠一點的高松。雖然我不想和老大講這種事，但還是把吉岡透露的資訊講了出來。

「這次聽說不是打臉，而是打腹部。打軀幹左右兩側的組合拳，以及穿過被害者身邊攻擊腎臟。」

即便是猛哥，也一時啞口無言。他難受地嘆氣道：

「……那是我教的……」

「沒錯。就是練習場那套組合拳。我也不知道要從何解讀起。雖然我相信KO小子不是崇仔。」

窗戶那頭，看到的是住商混合大樓上方的灰色天空。即使天空陰成這樣，中午過後還是會破三十度。等著我們的是令人厭煩的盛夏之日。

「我知道了。謝謝你的資訊。阿誠就幫我繼續跟著崇。你自己也要小心哩。」

我差點就要把和崇仔去參觀電話詐騙的事講出來。但崇仔已經要我不能說了，我非得設法岔開話題不可。我想起宮哥的事。

「對了，相撲的那個肥仔，叫後藤是吧？」

「噢，那傢伙呀。應該是吧。」

「我聽宮哥說，他被埼玉犀牛隊的傢伙打敗了？」

老大的聲音很平靜。

「沒錯，膝蓋完全壞掉，一輩子都無法好好走路了。我雖然會和人家打架，但不會想要把人家殺掉或是打成殘廢。埼玉那裡似乎有很瘋狂的傢伙。姓板倉的雙胞胎兄弟，名字分別叫啟二與誠二。你和崇也要小心那對雙胞胎呀。」

把那個自動傾卸卡車般的肥仔的膝蓋給打殘了。是怎樣的一對雙胞胎？我興致勃勃地想知道。

「已經知道他們的特徵了嗎？」

「我也還沒見過。身材高得可以，也瘦得可以。還有就是下巴戽斗吧。哥哥啟二使的是踢拳道，弟弟誠二則是使用自己擅長的武器，刀子啦、鎖鏈啦、特殊警棍啦之類的。哥哥一個人撂倒後藤，後來弟弟才把他膝蓋打殘的。真讓人受不了。對了，阿誠，今晚你可以到西口公園來嗎？」

「有什麼事嗎？」

我的想像是要辦聯誼。在水晶宮殿的小姐之間，最受歡迎的也還是猛哥啊。搞不好，前來赴約的都是水準很高的女人。唔，但這裡是池袋，正也正不到哪裡去就是。

「池袋的隊伍終於整合為一個團了。要辦成立大會。」

「欸，這樣啊。不愧是老大。猛哥你就是不同凡響哩。團名叫什麼？」

做弟弟的跑去電話詐騙集團參觀，做哥哥的卻是統領本地幾百個小鬼的領袖。或許兩人的資質真的不同吧。雖然我比較喜歡並不風光的崇仔。猛哥以難為情的口氣說：

「我決定直接用我們那一隊的名稱當成總團名。池袋幫派少年。簡稱G少年。阿誠，我希望你務必要助我們一臂之力。」

崇仔和我都不擅長集體行動。

「不，我可能沒辦法。」

「我不是要你加入團隊的意思。但你的情報收集能力以及文字能力，對於本地的小鬼很有幫助。要是我們碰上麻煩，你再幫助我們沒關係。可以嗎？」

不知為何，我立正站好回答道：

「可以。我會加油的。」

「我們晚上十點開始集會，請你一定要露臉。還有，可以的話……」

到底怎麼了？池袋的老大有什麼難以對我啟齒的事嗎？

「什麼事？」

「請你帶崇仔一起來。能夠敦促他行動的，也只有你了。拜託。」

那天，不管是顧店還是看電視，我都心不在焉。

KO小子、埼玉犀牛隊、電話詐騙、崇仔媽媽的病，還有猛哥要成立G少年。這個夏天的池袋，也太多活動了。晚上九點，我走到了仍留有白天熱氣的西一番街。星期六的晚上，充斥著自由得可以的氛圍。雖然運動鞋的底部好像要黏在柏油路上似的，但這種事我不以為意。

我抽出手機，打給崇仔。最先聽到的是街頭的吵雜聲。

「阿誠嗎？你聽好，我是不會去的。」

「幹麼啦，你似乎很有興趣不是嗎？就算你不去，我還是會去的哦。雖然我並不打算加入G少年，但這可是池袋的歷史性事件呢。和人家一起看熱鬧也無妨，你就去看看嘛。」

我知道崇仔真的很不爽。他一定在池袋街頭的某個地方嘛起了他的嘴。

「老哥組的團，我才沒興趣呢。我不想去。」

對手情緒正激動時，就要冷淡以對。我從小就很有談判手腕。

「好吧，不去就算啦。猛哥邀請我，我也是拒絕加入G少年。不過，他也說了，說崇仔和我最可靠。還說我們可以待在組織外部，等到組織有難時再出手相助。」

講精準些的話，猛哥其實只有邀我這麼做而已。但文字的運用本來就是要有技巧。崇仔不置可否地說：

「是哦，由我出手幫助我哥呀？」

我來編個英雄式的故事給他聽好了。因為，小鬼對於令人感動的故事都招架不住嘛。

「對，一旦好幾百名的G少年成員全都背離猛哥而去，我和你要支持老大，要出手相助。這聽起來不壞吧？」

「這個嘛……也是哩。」

再加把勁就成了。我把猛哥告訴我的錦囊情報拿出來用。安藤兄弟之間是出了名的幾乎不交談。

「另外還有埼玉犀牛隊的雙胞胎的消息。他們就是把那個後藤打到送醫、讓他的膝蓋受傷到無法再好好走路的傢伙。」

「是兩個打一個，還是只派一個就……？」

魚兒上鉤了。他這樣的反應很棒。

「一小時後，在池袋西口公園的噴水池見。到時候再和你說。掰啦。」

語畢，我同時按下通話鍵，掛掉電話。我最喜歡這樣子掛電話了。

西口公園這時像八月的海灘。

雖然週末這裡本來就會因為眾多學生或年輕上班族而熱鬧非凡，但那一晚小鬼的密集度可不是蓋的。圓形廣場的後方有個舞台，舞台的前面人多到像是只有站位的戶外演唱會。十點整，我站到了噴出彩色水柱的噴水池前。正當我看著噴出來之後形狀走樣的水柱時，發現崇仔就站在我面前。好個像鬼魅般的傢伙。

「我來啦，阿誠。趕快交待犀牛隊雙胞胎的故事。」

就算是崇仔，也會在意故事的後續發展。沒有比好奇心更具魔力的了。那種很想知道下一頁會發生什麼事的好奇心，更是最好用的誘餌。那時，圓形廣場中央響起尖銳的指哨聲。彷彿足球比賽就要開踢一樣。

「G少年集合！」

小鬼們一個個往中央聚集。現場高亢的氛圍讓人覺得，要是人潮照這個樣子繼續蜂擁下去，會導致核心處發生核融合之類的反應。

「等下再說，我也要過去了。」

我無視崇仔，混進了廣場的人潮裡。

圓形廣場上，石板路呈同心圓狀向外擴散。那是一個由深灰色與淺灰色花崗岩構成的同心圓。圓心處有一群小鬼排成一列，大概十六、七個人吧，什麼樣的穿著打扮都有。有幫派風的，有舞者風的，有滑板風的，也有搭訕哥風的。唔，看在老人家眼裡，或許全都差不了多少吧。每一位都是勢力範圍在池袋的團隊頭頭。外表看來有夠嚇人，氣勢十足。呈圓形圍在他們周圍的則是團隊成員，我連共有幾百人都算不出來。

右手纏著繃帶的宮哥喊出了口令：

「池袋G少年成立大會，現在開始！首先請第一代老大安藤猛致辭。請大家聚精會神聆聽。」

猛哥的右邊是籃球隊的森村學長，左邊是一個不熟的小鬼，他穿著黑色T恤搭寬鬆的黑色牛仔褲，鞋子則是黑色的靴子，是就是鞋尖處加了安全鐵鞋頭的那種工作鞋，再戴上綠色棒球帽與護腕。這個我看得出來，是澀谷苦谷隊的頭頭吧。池袋和澀谷之間已組成鬆散的聯盟關係，與新宿對抗。

雖然是個熱帶般的夜晚，猛哥的聲音依然清爽。

「各位，感謝你們前來G少年的成立大會。我們這些以池袋為根據地的團隊之成員，從今晚的這個時候開始，就變成一個大家族了。一直以來在不同團隊之間曾有的恩恩怨怨，全都付諸流水。現在不是執著於內部既有爭端的時候。東京各地區之間的抗爭現在變得白熱化，大家都必須靠自己的雙手捍衛自己的地區。池袋不能任憑外人上下其手。」

說到這兒，猛哥深呼吸了一下後，放聲說道：

「大家聽好！現場的所有G少年，今晚起大家就是兄弟了！」

最前排一個穿著白色背心、胸部大到爆的女生出聲問道：

「老大，那G少女怎麼辦？」

猛哥露出潔白的牙齒，咧嘴笑道：

「所有的G少女，今晚起就是大家的可愛小妹了。」

另一個G少女叫道：

「討厭啦，人家變成猛哥的妹妹啦。我要暈了。」

現場湧起一股震天價響的笑聲。也難怪大家會稱猛哥為老大，他不只是拳擊厲害而已，還擁有引領群眾的強烈魅力。那時我察覺到，邪派的打工組長橋爪（化名）的那張臉，出現在我和崇仔所在的最前面的圓圈圈對面。他惡狠狠地瞪著的不是我們，而是猛哥。是在嫉妒他嗎？

宮哥叫道：

「現在開始，老大要把我們G少年的加盟章發給大家。喂，拿出來。」

森村學長打開了一個鋁合金公事包，然後維持著開啟狀態，站到了猛哥身邊。猛哥拿起一塊布後，其中一個團隊領袖往前站到老大面前。這傢伙的名字我也知道，他是武鬥派隊伍「破運捨」的頭頭，五十嵐。他伸出肌肉結實的手臂，張開雙手。猛哥輕巧地把藍色的印花大手帕放到上面。

「我們池袋這裡的顏色是天空與藍，代表無限未來的藍色。稍後會把代表團隊顏色的印花大手帕發給在場的所有人。聽到了嗎，各位G少年兄弟，各位G少女小妹。」

鼓掌與歡呼到達最高潮。我抬頭看著陰陰的夜空。它反射出地面上的霓虹燈光，像一隻巨獸的內臟般，閃著黑光。

「池袋的小孬孬們，彼此的感情還真不錯呀。」

成立大會的高亢氛圍為之凍結。

一面打亂G少年圓圈，一面跳著進入圓形廣場中心的，是一群五個人的黃衣小鬼。其中兩人的身形尤其高。我想起猛哥的話，又高又瘦，像刀片般銳利的雙胞胎，埼玉犀牛隊的板倉兄弟。他們的臉長得很像，我分不出哪個是哥哥啟二，哪個又是弟弟誠二。

「你們這些傢伙，幹什麼的？」

宮哥叫道。有幾個G少年正要衝過去。猛哥低聲說：

「我命令G少年，不許出手。」

兩個高個子背後的三個小鬼把手盤在胸前，瞪視著四周。在他們整齊劃一的黃色T恤上，是一個伸出角來的犀牛側臉，下面寫著RHINOCEROS。板倉兄弟其中一人，把手從牛仔褲的前口袋抽出來，不知道把什麼東西往外撒。大批的黃色紙片在池袋西口公園的石板路上飛舞。

「哈囉，這是埼玉犀牛隊送你們的賀禮。無限的藍色是什麼鬼啊？這裡再不久就會變成黃色了。池袋是犀牛隊的囊中物。」

各種叫聲從周圍的圈圈傳了過來，像是「你說什麼？」「開什麼玩笑？」「我要殺了你」「不讓你活著回去」等等。猛哥右手一舉，聲音馬上就停住了。

「你是板倉兄弟的哪一個？」

撒出大量黃色紙片的小鬼冷笑著，伸出他的長舌說：

「我是弟弟誠二。他麼……」

他的舌尖指向自己右方的雙胞胎另一人。長得很像的第二個人說：

「好髒哦，誠二，口水不要給我流出來。我是哥哥啟二。」

頭髮比較短的是會踢拳道的哥哥啟二，頭髮略長、臉看起來很凶殘的是弟弟誠二。猛哥氣定神閒地說：

「這樣呀。勞駕你們跑來祝賀。要是你們想要與池袋結盟，我可以和你們談。」

凶殘的弟弟叫道：

「你還有心情在那裡裝沒事哦？我們可不是來祝賀的，而是來宣戰的哩。」

他又撒了一大把黃色紙片。

「今後一個月內，犀牛隊會來接收池袋。就這麼說定了。」

宮哥叫道：

「猛哥，現在就把這些傢伙打掛吧！這麼一來，埼玉的戰力就減半了。」

站在後方的三個黃衣人，右手都有動作。他們的後口袋透出銀光。金屬部位轉個圈後，就變成雙刃的凶器。是一把蝴蝶刀。女生們發出尖叫聲。森村學長也叫道：

「或許會有幾個人被傷到，但現在下手，一定能把他們五人全部打掛。老大，請你做決定。」

G少年的圓圈漸漸縮小。各隊的頭頭也步步逼近犀牛隊的人。猛哥喊道：

「等等。今晚是G少年重要的成立大會。我不容許有血弄髒它。板倉以及犀牛隊的，你們也離開吧。馬上滾出池袋這裡。我可不知道能夠安撫這些傢伙到什麼時候。」

誠二一面撒出一大把紙片一面叫道：

「還真是個貼心的老大啊。沒種的東西。虧我以為來這裡可以大鬧一場的說。」

啟二的聲音比弟弟低沉。沙啞的聲音就像有人沙沙作響地拿東西刮你的鼓膜。

「差不多這樣，先收手吧。其他人固然都是廢物，安藤猛卻不好對付。我總有一天會好好把他送給你當獵物。走囉，你們。」

埼玉的老大似乎是板倉兄弟的哥哥啟二。三個小鬼護著雙胞胎，刀口朝外。犀牛隊成員們離開後，大家鬆了口氣。但其中也夾雜了幾個抗議的聲音。

「為什麼不讓我出手，老大？」

「那種傢伙，明明只要大家一起圍住、狠狠揍上一頓就行了啊。」

「現在就到埼玉去吧。」

大家撂下許多像這樣的狠話。我反對暴力。不光是因為我是個和平主義者，也是擔心會傷害到G少年的未來。一旦和他們交戰，就會有人受傷。這裡離池袋警察署近在咫尺，一出事將會使得甫誕生的G少年被徹底盯上吧。進入暑假，少年課對小鬼都很嚴格。

後來雖然成立大會繼續下去，卻完全沒了勁。藍色印花大手帕的頒贈儀式進行到一半時，我和崇仔離開了池袋西口公園。

我們兩個跑到西一番街一家不賣酒的尋常咖啡店。就是紫色玻璃門很古樸的那種傳統咖啡店。我們向看起來已經幹女服務生有五十年的大嬸點了冰咖啡後，跑到設有小蜜蜂電玩的桌子旁，面對面坐下。我們異常亢奮，莫非是犀牛隊害的？

「崇仔，對於剛才那些傢伙，你怎麼想？」

雙胞胎板倉兄弟和他們那些部下。崇仔的眼中隱約映照出小蜜蜂電玩中，從天而降的侵略者集團。這傢伙的眼睛和他媽媽華英伯母很像，又大又亂澄澈一把的。紫色的侵略者穿過眼珠。老大的弟弟嘟噥道：

「……個子很高。」

「蛤，只有這樣嗎？」

崇仔抬起頭看著我。

「還有，四肢很長。」

「又是個子很高，又是手很長什麼的，這算是問題嗎？應該還有很多可以舉的吧？像是感覺很危險啦，腦子有洞啦之類的。」

崇仔咧嘴一笑。一種瞧不起人般的冷笑。

「那種心理層面的東西，就交給阿誠你。我思考的，只有我哥會如何料理那兩個人而已。畢竟拳擊手都比較不耐踢哩。」

我想起板倉弟撒出來的紙花，以及他們的人轉著蝴蝶刀的樣子。當絕大多數小鬼不是在發抖，就是在亢奮地喊著殺了他們時，崇仔卻是在想著，要如何打倒那對雙胞胎。

「後藤雖然體重重，但攻擊距離和我哥差不多。板倉兄應該是先避開對方一開始的前衝，從比較遠的地方下踢對方膝蓋內外吧。先攻那傢伙的腳，再來就不難收拾他了。畢竟相撲可怕之處在於既有速度又有重量。」

我想起物理課時學過的公式。速度乘以質量等於能量。只要封住他的腳，後藤就只是隻動彈不得的豬而已。

「原來是這樣啊。那麼，猛哥面對板倉兄又要怎麼打好呢？」

崇仔舉起右手，握拳。他凝視著自己的拳頭說：

「只要進入拳頭搆得著的距離，他就不是猛的對手了。所以雙方可能會變成腳和腳的對決吧。猛的步法與板倉兄的腿踢。輸贏就看誰的速度快囉。無論如何，應該不會花太多時間才是。」

他就這樣盯著自己的拳頭看，一直到冰咖啡送來為止。我也受到他的影響，看向崇仔的右手。我嚇了一跳，他右手手指的第二關節，有著細微的傷痕，好幾處都留下瘀青般的東西。池袋的KO小子。我背脊發涼。當下，我決定要模仿一下刑警。

「對了，崇仔，你聽說擊倒強盜的事了嗎？」

我盡可能讓自己像神探可倫坡那樣，用自然的口吻和他聊。我緊盯著崇仔那對有如彈珠的眼睛。少年課的吉岡曾經講過，任何人在說謊時，眼中都會看得到一點不尋常的蛛絲馬跡。真不可思議，崇仔的眼睛完全沒有情感。解讀不出他的反應。我向他透露了鮮有人知的資訊，同時注意時他的眼睛。

「聽說之前都是打臉，這次卻不一樣。KO小子分別攻擊對方軀幹的左右兩側，最後攻擊腎臟。」

我發現有一股白煙般的東西微微地出現在崇仔眼中。至少，這傢伙沒有焦躁，也沒有膽怯的樣子。

「這樣啊。」

我決定試著再推一把看看。

「和猛哥那天在練習場示範的完全一樣的組合拳哩。你不覺得很驚訝嗎？」

崇仔的眼裡已經沒有影子也沒有亮光，回到原本那澄澈的顏色。他以理所當然的口吻說：

「那，擊倒強盜或許也看過我哥的組合拳了呢。」

我繼續看著崇仔的眼睛，但沒有任何新發現。他已經回復到原本遊刃有餘的笑容。我似乎真的不適合當警察。

時間已是半夜，沒了勁的我喝著冰咖啡，問崇仔：

「對了，星期一上班怎麼辦？」

崇仔滿不在乎地說：

「蠢到爆。我不去了。賺那種錢太廢了吧？橋爪也只是個沒趣的小咖而已呀。」

我也完全贊成。對一個認真的高工學生來說，暑假打那種工並不適合。

「我也不想去了。我沒想到電話詐騙會無聊到那種地步。」

順便講一下，我率直的感想是，參與的小鬼們竟然毫無罪惡感到那種地步，以及老人家居然好騙到那種地步。如果一直放著沒人管，只要有錢賺就好的小鬼，應該要找多少就有多少吧。有太多年輕人都覺得，自己被丟在M型社會的底層了。

「而且，我現在有一些有點意思的事情要做。今年夏天我要在那方面多拚一點看看。」

崇仔眼睛發亮地說。好險，我差點就脫口而出說「希望你不是跑去當擊倒強盜」。

「這樣啊，真好欸你。我今年夏天也是一樣完全沒有計畫。也沒有女人。看來又是一直顧店直到夏天結束吧。怎麼會這樣啊。」

每年一到夏天，我一定會發這樣的牢騷。為什麼十幾歲的夏天，會鬧成這樣呢？既然這樣，還不如快點三十歲算了。

星期一，我坐老媽開的小貨車，到巢鴨的果菜市場去。西瓜、香瓜之類比較重的紙箱，都是由我來搬。當然，老媽不會給我打工費。但她會讓我上完高工、給我飯吃，還幫我準備棉被。幫忙店裡的事似乎理所當然就是我的工作。令人不爽。

從市場回來後，我正在喘口氣時，手機響了。大概是過了九點的時候吧。一個汗流浹背的夏日早晨。唔，但我的四張半榻榻米大小的房間裝有空調，倒是很舒服。

「阿誠嗎？你在幹麼啊？橋爪先生在公司等你等得很火大哩。無故不來上班，要扣三天的薪水。」

是藤本驚惶失措的聲音。真麻煩。

「抱歉啦。我覺得一整天要哭著講電話好累，不去了。或許可以賺點錢，但你也是賺得差不多就金盆洗手比較好吧？電話詐騙可是沒有什麼未來可言的。」

藤本好像快哭了。

「你這是什麼話？招聘你們之後，我領到的獎勵金，不就變成要退還給橋本了嗎？我還得付上酒店的酒錢欸！」

為了錢而招聘別人啊？好個蠢蛋。

「關我屁事。那是你自找的。總之，崇仔和我都不會再去公司了。你就和邪派的打工組長這樣講。」

「打工組長是誰啊？」

真是個呆頭呆腦的傢伙。

「橋爪啦。不然還會有誰？我要掛了哦。還有，以後不管在街上還是學校，不要再大刺刺找我說話了。知道了嗎？」

他的聲音聽來更加有想哭的感覺。

「誠哥，不要講這種話嘛。我們不是一起喝香檳的夥伴嗎？」

我砰的一聲掛上電話。真爽。我決定睡個甜蜜的回籠覺，一直到開店時間為止。

暑假時，我家的午餐是輪流吃的。有時候是老媽很快弄出來，有時候是在附近的便利商店或便當店買回來吃。那天，午餐吃的是自己煮的炒豬肝，但不知為何配的是蛤蜊巧達的罐頭。我在店後面吹電扇時，二樓傳來老媽的聲音。

「阿誠，做好囉。你趕快先吃吧。」

「好……」

我跑上樓梯。老媽雖然嘴賤，自己做的料理一定會先讓我吃。她認為，讓孩子吃剛做好的飯菜是理所當然的。舊社區窮苦人家的媽媽就是有這樣的優點。所以，暑假期間，我每次都是跑著上樓梯。

老媽出聲叫我七秒後，我已經在二樓客廳手執筷子了。

「我要享用了……」

「好好好。」

講完這話，樓梯處就傳來她下樓去顧店的聲音。這就是母親對孩子感人的愛吧。就在我把筷子放到傳來麻油香的炒豬肝上時，我的手機響了。這種時候，會是誰打來的？

「哪一位從哪裡打來的？我現在很忙。」

「開什麼玩笑啊，香瓜。別以為隨便就能落跑。只要來過公司一天，就算是正式的雇用關係了。」

胡說八道。我可不記得自己填過履歷表或是簽過合約。

「打工也有分適合與不適合的。你們那裡的工作和我們的志趣不合。既然已經確知如此，趕快辭掉工作，也比較不會傷害到彼此。」

橋爪「唉」的一聲長長嘆了口氣。

「你以為你在和誰說話？」

我差點就脫口說「邪派的打工組長」。

「電話詐騙公司的主管？」

傳話那頭傳來踢飛垃圾桶的聲音。原本已經凹凸不平的桶子，又要多一個凹洞了。

「開什麼玩笑啊，真島誠。你的名字、住址、學校，還有你媽，我可是全都一清二楚。我會把你逼到走投無路。」

一定是藤本。那傢伙把我們給賣了吧。事情變得有點複雜。

「那，你想怎樣？我可沒意思和你們的工作扯上關係。」

橋爪沉默了一會兒。

「好吧。我放棄找你們到我們公司來工作。但你們必須做個了結。不然我對其他員工不好交待嘛。總要有個表示。你和安藤崇必須哭著下跪道歉給我們看。」

我想著橋爪會有什麼靠山。要是真正的黑道出現，事情就不妙了。

「我會再找你的。聽好了，不許逃跑啊。」

這次是他猛然掛上電話。我既感不安，又覺得火冒三丈。我用力把手機丟到隔壁四張半榻榻米房間的毛巾被上，然後去吃冷掉的炒豬肝。即使在這種時候，老媽親手做的料理與剛煮好的白飯，還是非常好吃的。

回去顧店後，我馬上打了電話。沒有任何鋪陳，我劈頭就說：

「崇仔，橋爪也有打給你嗎？」

傳回來的是彩券沒中那種程度的冷酷聲音。

「嗯，有啊。他有說他先打給我。」

橋爪曾經說過，很欣賞崇仔的冷靜聲音。電話詐騙中，最重要的就是聲音了。崇仔比我還適合成為一員。我不知道這是該開心，還是該不甘心。崇仔以讓人感受不到恐懼的聲音斷然地說：

「唔，我們只去參觀一天就落跑，確實也有不對的地方。要做個了結也是沒關係。嗯，應該不會到要命的程度吧。」

我想起公司裡成員們的臉。在那裡做事的只是留存下來的人，去面試過的應該有他們的兩倍以上。電話詐騙也分成適合做與不適合做的人，成績差的傢伙會慢慢退出吧。橋爪的周遭，必然至少有幾十個那樣的人。

「是啊，不致於要命。或者應該說，他們不可能只為了電話詐騙就冒險把人家幹掉。詐騙和殺人的刑期截然不同啊。」

崇仔似乎有一點憂鬱。

「好了，那要怎麼做呢？阿誠，有什麼好主意嗎？」

每次一有什麼麻煩事，崇仔總會這樣問我。不管是期末考考到一半，在遊樂場，在網咖，還是和私立女中聯誼，都是由我負責思考，由他來負責賺代幣或是迷倒可愛女生。

「有件事我有點不爽。橋爪也知道你的手機、住址對吧？」

「嗯，他還知道我哥的資訊，以及班上的座號呢。」

那個混帳！我想起喝了香檳滿臉通紅的那個蠢蛋的臉。

「會把這種事情透露給橋爪的，也只有藤本了。非得給他點顏色瞧瞧不可。」

崇仔冷笑道：

「哈哈哈，這個不錯哦。我很想試試新的組合拳。」

我確認了時間：下午一點十五分。我說：

「三點整，到公司所在大樓的前面。崇仔，你有墨鏡嗎？」

「嗯。」

「那，戴著它來吧。」

唔，我們可不想被成員們看到臉呀。

豐島區公所四周的咖啡店亂多一把的。公司大樓對面，也有一家咖啡店賣流行的濃縮咖啡。我們挑了可以隔著玻璃看到大樓入口處的座位。

我喝冰拿鐵，崇仔喝雙倍濃縮。我的墨鏡是在唐吉訶德買的，一副一千圓；崇仔的是寶緹嘉的。這傢伙的錢到底是從哪裡弄來的啊？

三點過了五分，自動上鎖的大樓入口處，零星出現一些我們有印象的臉。有趣的是，每一個都是一走到外面就馬上打開手機電源。工作中必須關閉電源這樣的規定，確實比學校還嚴格。

「來了。」

崇仔出聲的同時，自動門的那頭就有人影稍微動了一下。眼睛真是銳利。我把杯裡剩下的一點拿鐵和碎冰一起喝光光。

我們出聲叫住藤本的地方，正是某天他叫住我們的同一個風化區。就在崇仔以長了翅膀般的輕巧步伐擋在那傢伙面前的同時，我也加強了音量喊道：

「藤本！」

他看了在前方的崇仔，然後轉過頭來。我觀察他的眼神，這傢伙內心想什麼一覽無遺。雖然我不是刑警，也看得出他正嚇得驚慌失措。就是在學校裡被大家瞧不起、總是被欺負的小鬼那種膽怯又卑躬屈膝的笑臉。崇仔摟住藤本的肩，以結凍般的聲音說：

「有點事找你聊。跟我們走。」

我們擺出一副感情很好的三人組模樣，走進外面放置了一個半套店粉紅色招牌的昏暗小巷裡。

潮濕的灰泥牆面，染上了雨水與塵埃的灰色痕跡。掉在腳邊的是香菸菸頭與空空如也的便利商店便當盒。我們把藤本從小巷子帶進往內凹的一棟住商混合大樓的後門處。崇仔說：

「你知道我們找你幹麼吧？」

藤本背緊貼著牆，彷彿這樣就能融入雨漬當中，變成一個透明人。我說：

「橋爪打給我們。他似乎知道我們的手機號碼、住址跟班級座號。還說要把我們逼到走投無路。」

崇仔那雙有如彈珠的眼睛緊盯著藤本，好像在觀察昆蟲標本那樣。既沒有怒氣，也不給人懼意。只透露出他有點感興趣。但這樣的感興趣，卻有如大頭釘般刺穿昆蟲。

「請你們等一下。我也是被橋爪先生威脅，情非得已啊。」

果真如此嗎？從把妹的手法來看，就能得知他是怎樣的男人。藤本在酒店時，為了提升自己的形象，什麼聊天素材都照用不誤。為了讓自己雀屏中選，把其他人踢掉也是理所當然。他就是這樣的人。崇仔的聲音像個檢察官。

「是你把一切都說了吧。」

「對不起。但你們兩人突然說不做了，我也很困擾啊。上班不是兒戲，也不是打零工。必須認真做才能做出成績。」

電話詐騙也有它崇高的職業倫理。再繼續嚇唬這樣的傢伙下去，只會愈來愈鬱悶而已。還是趕快從他身上榨取情報好了。

「好啦，藤本。既然這樣，你也爆點料給我們當參考。」

他原本怯懦的表情稍微有了點生氣。

「欸，什麼料啊，誠同學？」

又回到稱呼我為同學了。態度變來變去的傢伙。或許這是藤本的生存之道吧。

「橋爪的料啊。目前為止，應該出現過違反規定的傢伙，或是突然不做的傢伙。橋爪都怎麼處置這種人？」

「這個嘛，就大吼臭罵一頓。第二次再犯就自己動手揍他，或是叫同一組的傢伙毆打。」

這種手法我們也目睹過一次。只到這種程度嗎？

「這麼說來，曾經有個一再遲到，又一再在公司裡使用手機的傢伙。」

「是哦。」

「那小子迷上交友網站，但實在很笨，竟然一天傳五十則訊息給男生假扮的女生。」

崇仔以有如來自冷凍庫的冷氣般低沉的聲音說：

「這裡跳過。橋爪怎麼處置這傢伙？」

藤本打著哆嗦說：

「只讓他穿一件內褲，把他雙手雙腳綁起來，用口枷球塞塞住嘴——就是SM時用來塞在嘴裡、有洞的那種球。」

打工組長還真是有品味。我說：

「然後呢？」

「把那人丟到大樓裡通常不會用到的浴缸裡兩天。直接讓他在裡面大小便，不過會給他水喝。」

「就在這笨瓜被凌虐的時候，你們這些成員仍然繼續在隔壁房間打詐騙電話嗎？」

藤本瞠目結舌，露出難以置信的表情說：

「畢竟那是工作啊。不過，這種時候，由於大家心裡都比較戰戰兢兢，演技就特別逼真。」

我記得那一天應該有十四條吧。

一條是一百萬，所以是一千四百萬圓是嗎？賺真多。崇仔冷靜地說：

「後來，浴缸那個男的怎麼樣？」

「沒有怎樣啊。隔天起又回來當成員了。那小子腦子比較遲鈍，雖然丟在那裡讓他在大小便堆中生活了兩天，他似乎也是不痛不癢的。不過不知道從哪天開始他就沒有再出現了。或許跑去別間公司了吧？常會聽到哪裡又在徵人。」

我試著問口風已經變鬆的藤本一個問題：

「負責凌虐的只有橋爪一個人而已嗎？」

「嗯，頂多再加一個老資格的幹部。不是有個人問崇同學要不要一起去喝一杯嗎？就是那個人。」

「有黑道當靠山嗎？」

這是我最想知道的一件事。

「我沒看過有黑道欸。雖然橋爪先生總是說他有靠山，但公司裡的事情全是他自己處理。雖然他很會撂狠話，但我覺得他似乎不太擅長耍狠。他好像也不太喜歡自己打人。」

我就是想聽他講這個。假如那傢伙沒有黑道一起合謀，那只要我們兩人就足以對付。我看向崇仔，他朝我點點頭。崇仔說：

「藤本，你可以走囉。」

「真的可以嗎？」

他像一隻在牆壁上爬行的蟑螂般，慢慢把身體往旁邊挪。等到他的背部總算離開灰泥牆，正要朝風化區的主要道路離去時，崇仔以令人覺得親切的口氣說：

「藤本。」

「什麼事？」

他的嘴角露出安心的笑容，只把頭轉過來。崇仔一語不發，右勾拳直接打進他的下背。

藤本按著腰，當場蹲了下去。

「和我們講過話的事要對橋爪保密。知道了嗎？」

他沒回答。傳來胃液滴到地上的叭嗒聲。被欺負的可憐孩子。唔，雖然是個沒必要同情的小鬼就是。我和崇仔把藤本丟在那裡，快步離開了巷子。

我們走到西口，跑去麥當勞。對渾身是汗的身體來說，冷氣與芬達是最棒的了。從窗邊的座位，可以遠望圓環與東武百貨。東口的是西武百貨，西口的是東武百貨。沒來過池袋的話，要先記住這件事。說起來，這個世界本來就是顛顛倒倒的。

「崇仔，那小子講的話，你覺得怎樣？」

「不算糟。」

崇仔正在吸甜得嚇人的麥當勞草莓奶昔。

「光靠我們兩個似乎就能設法擺平問題對吧。」

「嗯。我們也有太過天真的地方，就忍耐一下讓他一個人揍兩拳吧。但再多可就不行了。」

「然後我們兩人再來大鬧他一場？」

崇仔不當一回事地點頭道：

「沒錯。我一開始就不喜歡橋爪。他的黑色皮夾克和鏈子，真不知道是什麼鬼。」

一個女的正在隔壁桌試圖推銷電影票。她完全不讓對方講話，只連珠砲似的向對方說明，愛看電影的男生有多受女生歡迎。坐在女生對面的是個有點肥胖的小鬼，散發出一股有如今天第一次來到東京般的氛圍。是大學生嗎？我大聲說：

「那個，崇仔啊。你不覺得最近的詐騙案很多嗎？」

崇仔咧嘴笑了，以一般的音量說：

「嗯，對啊。」

「有賣英文會話教材的，有賣電影票的，還有賣鑽石項鍊的。池袋這裡也是隨處可見詐騙犯哩。你最好也要多小心一點哦。」

我看向隔壁桌。年輕女子以似乎足以把人殺掉般的視線瞪了過來。雷射光線。她對面的男生小聲說道：

「不好意思，我沒時間，要走了。這是在這裡吃東西的錢。」

男生丟了一把百圓硬幣，逃跑似的從二樓往下走。

「你們在幹什麼？這是妨害業務罪吧？搞屁啊！」

原本柔媚的聲音，頓時變成了又粗又低的聲音。女子咬著唇，收拾著電影票和偽造的說明書。崇仔說：

「池袋警察署就在不遠的地方。妳要走去那裡告我們也行哦。」

攔人推銷的女子大聲地踩著高跟鞋，看也不看我們地離開了。池袋到底是怎麼了啊？

不知為何，橋爪那星期都沒打來。

池袋的街頭只有和平可以形容。沒有埼玉也沒有新宿的團隊攻過來。KO小子也沒出現。我又回到無趣的顧店工作，崇仔變得更常待在要町的醫院。雖然他什麼也沒說，但伯母的病況似乎並不好。

會不會是橋爪太忙，把我們兩個給忘了呢？唔，反正也只是臨時做那麼一天工作而已。況且我們也沒拿到錢。就在我如此想著的那個週末，手機在晚上十點突然響了。我剛洗好澡，只光著身子在腰部包一條浴巾。

「阿誠嗎？」

是我不想再聽第二次的邪派打工組長的聲音。

「嗯，我以為你忘記我了呢。」

「誰會忘記啊？我有很多事情要思考好嗎。只是有點晚找你而已。」

我很想嘆氣。剛洗好澡的熱氣慢慢涼了下來。

「你想要我幹麼？」

「明天深夜十二點，到雜司之谷的鬼子母神來。要和安藤一起哦，不許逃走呀。」

「知道了。」

電話斷了。一共會有幾個敵人呢？似乎是不可能毫髮無傷了。帶個什麼傢伙去或許比較好。我可沒辦法揮出像崇仔那種銳利無比的拳頭。

這時我改變了一下思考的角度。既然要被他揍兩拳，那我也要狠狠打橋爪一下。這樣的話，心情應該會稍微暢快一點。邪派的打工組長也有給予處罰的必要。

在明治通上彎進參道後，走大概兩百公尺，鬼子母神堂就位於守護著它的美麗森林當中。這間神社供奉的是會抓別人的小孩來吃的可怕女神。我和崇仔在差五分十二點時到達入口。就算是深夜，蟬還是一樣吵鬧地鳴叫。雖然亮著一根根的街燈，但由於這一帶是遠離池袋鬧區的閒靜高級住宅區，路上完全沒有人煙。我看著崇仔的眼睛。既不亢奮也不害怕的彈珠。我出聲道：

「好了，走吧。」

「嗯。」

我們踏進神社範圍內的石板路。我說：

「頂多只忍受橋爪那個渾蛋打我們兩下對吧。」

崇仔噗嗤笑道：

「我倒是完全不覺得有什麼好忍耐的。」

可靠的傢伙。我把手靠在他的肩膀上，就像從夏日祭典回家的路上那樣。

「熱死了，走開啦你。」

竟然用這種態度對待等下要並肩作戰的戰友。真是個冷淡的傢伙。

「你這小子，就給邪派的打工組長打到鼻青臉腫算了。」

「阿誠才是咧。要自己保護好自己唷。」

能夠從容不迫到這個地步，沒事的。我們爬上通往本殿的平緩坡道。

「很準時嘛。沒落跑這一點，我給予肯定。」

在賣店前的長椅上坐著的，是一個仿照橋爪穿著黑色皮襯衫的人。邀我們去喝一杯的那個小子。這傢伙是只有黑色襯衫可以穿嗎？真是膩人。

「橋爪先生在這邊。跟我來。」

我們朝鬼子母神範圍內的稻荷神社的紅色鳥居走去。小小的鳥居一共蓋了幾十座，呈ㄇ字形圍住了樹齡有七百年的銀杏樹。夜半時分，紅色依舊鮮豔。

「這邊。」

日光浴沙龍為我們帶路。橋爪就坐在稻荷神社的石階上，都不怕遭到天譴。他身後有三個在公司裡見過的小鬼。日光浴沙龍和另一個小鬼在我們背後站定。

包括橋爪在內，敵人一共有六個。意思是三個打一個就不怕我們是嗎？沒有一個是正牌黑道。我們也被看扁了。橋爪穿著設計和上回略有不同的黑襯衫。脖子上的鏈子（粗細度不同於項鍊）倒是跟上次同一條。吊在末端的保險箱鑰匙，應該也是同一把吧。

「你們來得好。我們公司和其他正經公司不同，沒辦法隨便來參觀一天，就以什麼做不下去為由跑掉。而且也有保密義務呀。」

這傢伙最害怕的就是有人去報警吧。我總算搞清楚，為何他會對我們緊咬不放了。若是長期和他一起搞詐騙的成員，他不會擔心。因為，去報警也會讓自己一起坐牢嘛。但我們就不同了。我們雖然也有一天的時間一起行動，卻沒騙到任何人。就算去報警，我們也只是挨一頓罵而已，八成無罪。但他們卻會全部完蛋。我說：

「抱歉吶。同學邀我們去時，是有一點興趣沒錯，但真的不適合我們。打工不是經常都這樣嗎？」

日光浴沙龍在我們背後叫道：

「小子，竟敢對橋爪先生耍什麼嘴皮子？」

對付兩個高中生，帶了多達五個部下來。還真是了不起。崇仔昂然挺起胸說：

「不好意思哩，我願意道歉。但威脅我們是沒用的。雖然你說要把我們逼到走投無路，但你有本事那麼做的話就試試看。我會讓你們每一個人都變得不敢安心走在夜路上。」

橋爪不愧是統領電話詐騙公司的人物，一點都沒被嚇到。

「你們真的很有膽識。要是認真幫我做事，一定會是很棒的成員。但現在應該已經不可能了吧。」

他為什麼可以這麼好整以暇呢？我的腦袋全速運轉。是會有什麼援軍到來，還是他叫了什麼正牌的黑道分子過來呢？總之，我有不祥的預感。橋爪看了看手表。是一只有小朋友吃的飯糰那麼大、耍帥用的沛納海。他對著黑襯衫說：

「時間到了，去把人帶過來。」

我確認了卡西歐G-Shock上的時間。半夜零點過五分。日光浴沙龍跑開去，把我們丟在安靜的紅色鳥居處。我小時候常在這裡玩。又有誰想像得到，十年後，這裡會讓我這麼心神不寧？

「橋爪先生，我把他請來了。」

日光浴沙龍講話這麼客氣，到底是誰？我回頭一看。

「猛哥……」

短袖的白色鈕釦領襯衫，搭窄身牛仔褲。池袋的老大穿著他常見的打扮站在那兒。崇仔呻吟地冒出一句：

「……老哥。」

橋爪啪的一聲拍了一下手。

「和像你們這樣的小鬼談，也沒意義吧。弟弟犯的罪，當然要請身為大人的哥哥好好地補償一下。」

這傢伙那麼氣定神閒，原來是因為猛哥。我和崇仔都以為忍一下被打兩拳就沒事，實在太天真了。剛才要是一開始就對準橋爪衝過去就好了。我解讀著人在我身旁的崇仔的表情。雖然他故作平靜，但看得出他內心也很不知所措。橋爪命令道：

「安藤猛，聽說你是池袋的老大哦？G少年的成立大會，還真是威風啊。你給我到前面來。」

猛哥往前踏出一步，護住我們，在紅色鳥居的中央盤起手。崇仔小聲說道：

「哥，來揍這些傢伙吧。只要我和你再加上阿誠，隨便就能把他們全部打掛。」

這話似乎給了橋爪的手下們很大的打擊。崇仔的估算確實是正確的。就算沒有我，光靠安藤兄弟，也能輕鬆擺平六個人。橋爪看起來似乎嚇到了，但他還是虛張聲勢道：

「在電話裡已經講好了對吧，猛兄。是你說要代弟受罰的對吧。」

周圍的視線集中在猛哥身上。只要老大講出一個不字，我打算姑且先去飛撲擋在背後的日光浴沙龍。在廣大的神社境內，只聽得到滿滿的蟬鳴聲。幾秒鐘的沉默，卻讓人覺得好久好久。猛哥以沙啞的聲音說：

「我知道。錯在崇仔，我就隨便你們怎樣吧。」

橋爪的肩頭總算放鬆下來。

「這樣才是池袋的老大嘛。冰，你有個很棒的大哥呢。那，你要答應我。首先是，你要保證，那兩個人絕對不會向警察告密。」

猛哥的下巴一沉。

「崇與阿誠都不會向警察告密。」

橋爪的眼裡閃過一道黑暗的影子。他似乎極為愉悅。沒品的男人。

「糾紛就找你安藤猛來了斷，不找他們兩人。」

我不由得緊握起拳頭。崇仔也是一樣。他的肩頭和使出反擊拳的拳擊手一樣，微微動了動。猛哥的頭半轉向我們。池袋的老大臉上浮現的苦笑的剪影，投射到了鳥居的紅色部位上。

「唔，糾紛就找我了斷。不過，今晚過後，你們一樣不能再對崇和阿誠出手。橋爪，你要遵守信用。你也要遵守答應我的事。」

猛哥狠狠瞪視著橋爪。先把眼睛別開的是邪派的打工組長。打工的怎麼可能比得過老大。猛哥以唱歌般的語調說：

「要是你們任何一人對他們出手，池袋G少年的所有成員都會奉陪。」

神社境內的夜間空氣，變得愈來愈冷。猛哥緩緩道：

「橋爪，聽懂了嗎？你可以答應我嗎？」

我知道那傢伙心底怕得很。猛哥和他平常面對的對手，可是截然不同的。大概像是軍人對上童子軍吧。

「……知、知道了。我會守信用。所以你也要守信用哩。」

信用、信用，吵死人的小子。猛哥噗嗤一笑道：

「好，那現在就隨便你了。我不會回擊。」

猛哥把雙手放到背後，左右兩手牢牢抓住了另一手的手腕。他張開雙腳，放低重心，以帶笑的聲音說：

「你們可以隨時上了。橋爪，開始吧。」

等等！

我差點叫出來。猛哥的身體，不是他一個人的東西。他是池袋的老大，是這個街頭的小鬼的希望之星。如果要有人挨揍，我可以任憑你們揍到爽。我這種身體隨便怎樣都沒差。就在我正要往前踏出一步時，崇仔抓住了我的肩頭。相當驚人的握力，好像足以在我身上留下五個手指形的瘀青。

我嚇了一跳，看向崇仔的臉。他的嘴角流下一道血痕。原來他是咬著嘴唇強迫自己忍受這樣的狀況。

「別丟猛的臉。阿誠，冷靜。」

橋爪奸笑著靠近崇仔說：

「感情這麼好，真是感人，對吧？你們倆有個好哥哥，真幸福呀。」

他大動作把左手往後拉，準備使出一記顯而易見的電話拳❼。這一拳的速度，以猛哥來說，夠他跑到東口的「麵創房無敵家」門口排隊，吃完沾麵再回來，都還來得及閃避。是一記只靠蠻力的橫勾拳。由於軌跡很低，連我都看得出是要打腹部。

傳來低沉的砰的一聲。橋爪不愧是邪派的打工隊長，傻得可以。猛哥的腹部何止六塊肌而已，除了腹直肌之外，內外的腹斜肌加上腹橫筋，一共有十二到十四塊肌。

「痛！」

橋爪按著手腕大叫，臉色變了。他左腳後拉，一記中段踢朝著猛哥的大腿踢了進去。這小子是左撇子嗎？猛哥默默地忍受著。橋爪猛踢他的大腿內外側。腳的力量是手的好幾倍，衝擊力也是一樣。

❼日製外來語，拳擊中把手套往耳邊拉再揮出的拳；泛指動作過大，很容易閃躲的拳。因為很像拿著固定電話的話筒在打電話，故得名。

半夜的神社境內，一再響起肉打到肉的聲音。我快瘋了。

數不清踢了多少下。但以時間來看，只有短短兩三分鐘吧。無論是踢人還是揍人，似乎都是很累人的。橋爪抖著肩喘氣，他的皮襯衫在氣溫破二十五度的夜裡整個濕成一片。

「……最後一踢。」

橋爪用力踩住猛哥的右腳，整個人去擒抱他。理由再清楚不過：無論是拳打還是腳踢，他都未能把猛哥弄倒在地。他應該是想方設法要讓不抵抗的老大摔倒在地吧。

那時我才發現，為何橋爪要把猛哥叫來了。這小子在G少年的成立大會時，就很嚮往猛哥。公司的成員們全都只是他的部下，並沒有像G少年崇拜猛哥那樣崇拜他。

他是想在部下面前打倒猛哥，給自己貼金吧。真是個可悲的小子。

不過，猛哥在倒地時，首度發出聲音。由於橋爪踩住他的腳踝，往後倒下時，他似乎是扭到腳踝了。

橋爪的雙手放在膝蓋上，露出快吐的鐵青表情說：

「……這樣，我和你……之間，就互不……相欠了……你要遵守約定啊，安藤。」

猛哥沒有回答。橋爪說：

「大家，走囉……今晚你們愛喝什麼酒就喝吧……紀念一下我打倒……池袋的老大。」

我距離橋爪只有短短三公尺。只要兩步，就能在他肚子上開個大洞，踢爛他的蛋蛋。崇仔低聲道：

「阿誠，別衝動。」

橋爪和電話詐騙的成員們，悠然地離開了鬼子母神境內。我和崇仔幫助猛哥站了起來。猛哥和崇仔不發一語。我們就這樣走了好幾百公尺，在明治通上叫了計程車。他們兩人搭車，但我想要自己靜一靜，決定走路回家。

從雜司之谷走回池袋的回家路上，我在腦海中已經殺了橋爪上百次。

但我的怒氣完全沒有因而消散。

又回到了平靜的暑假時光。

宮哥緊急把我叫出去，是在四天後的事。地點是我家附近的池袋西口公園。晚上九點，喝醉酒的人零零星星冒出來。宮哥在面對圓形廣場的鋼管長椅上坐著等我。周遭是霓虹的斷崖。一看到我的臉，他咋舌道：

「你在搞什麼啊，阿誠？」

在長椅上坐下前，我道了歉。

「對不起。」

我不知道還能說什麼。我和崇仔幹了蠢事，害池袋的老大受傷。

「別說了，坐下吧。」

「猛哥的傷勢怎麼樣？」

宮哥的目光落在自己的右手上。包覆在一圈一圈的繃帶裡。他喃喃說道：

「如果受傷的是我的腳就好了啊。」

橋爪是左撇子。一個人若不是踢拳道選手，就只懂得使用自己慣用的那一腳。想當然爾，攻勢集中在猛哥的右腿上。

「大腿的腫脹持續了兩天。似乎不是踢得太嚴重。但腳踝的傷勢就真的很不妙了。」

我在因為白天的熱氣而變得溫溫的長椅上坐下。

「……這樣呀。」

「什麼『這樣呀』?!阿誠，外行人都會以為，拳擊手是靠肩膀和手臂在打拳的。但最重要的卻是距離拳頭最遠的地方。右撇子的話，就是他用來踢腿的右腳腳底。因為，速度、重心的移動以及迴旋力，全都是從右腳腳底開始的。」

我回想起猛哥如龍捲風般的拳勁。最關鍵的事情，發生在最遠的地方。這話得牢牢記住。

「現在，阿猛的速度與拳勁只有巔峰時的一半。池袋G少年的最大戰力正在維修當中。阿誠，你們為什麼不找我們商量？」

我沉痛地感受到，自己還是個小鬼。我的音量變小了。

「我們以為，只要靠自己就能設法擺平問題。橋爪會把猛哥叫出來這件事，完全出乎我們意料。」

橋爪沒有危險人士當靠山。只要忍著讓他揍個兩拳，就大鬧一場後回家。我們就是想得這麼的單純。我誤判了橋爪那種男人有多自卑、有多虛榮。為了讓自己看起來很厲害，無論什麼狀況，都會不擇手段利用。這樣的個性，完全符合電話詐騙的打工組長。

「宮哥，不能讓我和崇仔去討公道嗎？」

我很想為猛哥報仇。始作俑者是我們。

「我和G少年的幹部們也很想做同樣的事。但阿猛不答應。老大沒說OK，就無法組成突擊隊吧。」

是哦。猛哥要就這樣算了嗎？我實在是快氣炸了。

「不過，因為這次的事情，也發生了一件好事。」

宮哥的下巴往前一指。一個穿著寬鬆牛仔褲搭白襯衫的小子，從池袋西口公園的東武百貨方向的入口往這裡走來。他的右手腕綁上了一條代表G少年團隊顏色的藍布。夏日的夜風把印花大手帕吹得鼓鼓的，手帕的尖端迎風飄曳。

「……崇仔？」

我一舉起手後，他微微點了點頭。宮哥的聲音聽來極其愉悅。

「小崇加入G少年了。他主動說要當阿猛的助手。現在他每天都在拳擊社的練習場接受訓練。這小子很厲害哩。」

宮哥的聲音裡帶著畏懼。人類在碰到什麼超出常理範圍的東西時會產生的那種畏懼。

「崇仔有那麼厲害嗎？」

「嗯，在我們社團裡，除了阿猛以外，已經沒有人是他的對手了。他認真開始練拳也才三、四天而已。拳擊有九成是看資質的，他的線條比阿猛要瘦些，體重也比較輕。但他與生俱來的能力，或許比他哥哥還高。再怎麼困難的組合拳，他只要看過一次，差不多都能打出來。總之他出手很快，眼力與節奏感也很出眾。這樣的素質，要進軍世界都不是問題。不過，他本人似乎只想幫助阿猛守護池袋這裡而已。」

崇仔在石板路上緩緩走近。代幣遊戲的話我還能理解，但這傢伙是個比猛哥還厲害的拳擊天才？我睜大了眼看著他，崇仔來到距我約兩公尺處時說：

「幹麼啦，阿誠。我是長得很特別嗎？」

長相白淨俊美，似乎會很受女生歡迎。但崇仔真正的內在，可不是這種外表看得出來的。

「我還以為你會被你哥罵到哭咧。看你這個樣子，我想沒事了吧？」

老大的弟弟猙獰地笑了笑，說道：

「你是想來當我練習攻擊腎臟的沙包嗎？」

宮哥突然起身，啪啪啪地拍了拍休閒褲的臀部部分。

「我差不多該走了。阿誠，小崇似乎有話要和你說。那，明天學校見囉。」

「咦，我嗎？我想我和拳擊社並沒有關係吧？」

「好啦好啦，詳情你就問他吧。」

宮哥和崇仔拳頭相碰，底部碰一次，上面再碰一次。叩，叩。最後再豎起大拇指。雖然滿帥的，但我還是第一次看到這種動作。宮哥走掉後，崇仔說：

「那裡，可以坐嗎？」

他指著長椅上我身旁的位置。那裡當然沒人坐，由於他之前從沒這樣問我過，害我有點緊張。

「可以啊。剛才拳頭相碰那個動作，是幹麼的？」

「噢，那是G少年的問候動作，代替握手啦。不過在別人面前做這動作，我也是覺得有點害羞。」

「但你不是很投入G少年的工作嗎？我聽宮哥說了，你加入G少年了對吧。」

「是啊。託猛的福，我進去三天，大家就把我當成幹部看待了。感覺超級不自在的啊。」

無論在教室還是在街頭，崇仔總是喜歡酷酷地單獨行動，對他來說這是很少見的。有個笨拙的業餘歌者在噴水池前面放了個空罐唱歌。已經分手的妳是最棒的。如今我仍愛著妳。完全不懂得斟酌用字的歌詞。令人作嘔。

「我也問過猛了。」

「問什麼？」

崇仔看著我，淺淺一笑。他的嘴角微微上揚，差不多是一張明信片的厚度吧。

「我問他，是不是叫你調查我是不是KO小子。」

是老大要我做的。我有點畏縮起來。

「沒辦法啊。是你哥拜託我的。」

崇仔的表情沒有改變，但眼神略微黯淡了一些。是受傷了嗎？這小子。

「既然要懷疑我，應該一開始就好好質問我呀。我又不會騙你。」

崇仔似乎是清白的。確實，這種事情，還是應該趕快直截了當問他才對。

「不好意思啦。但是猛哥講了，他說你最近一到晚上就跑出去，也沒說出去幹麼。而且上次學過軀幹攻擊之後，ＫＯ小子馬上就打人家的腎臟。不管是誰，都會覺得你很可疑吧。你到底每天晚上在忙什麼？」

崇仔臉上微紅道：

「我去做跑步訓練。猛教我一點拳擊後，我實在很受不了自己缺乏體力。所以每天晚上都去跑步。還會在公園做仰臥起坐、伏地挺身、吊單槓。吊單槓是可以鍛鍊廣背肌的那種斜吊方式。」

原來是這樣呀。光從外表根本完全看不出來。

「可是看你沒有肌肉隆起的樣子？」

「那種東西只會拉低速度而已。拳擊手的拳不是靠蠻力，而是靠銳利的拳勢把人擊倒。沒必要練太多肌肉。」

「宮哥說過，你的資質比猛哥還好，是可以進軍世界的料。」

崇仔聳聳肩。藍色印花大手帕的尖端在黑夜中迎風飄揚。

「那種事怎樣都沒差。現在我的很焦急。埼玉犀牛隊如今已經跳過我們頭上，攻進新宿了。」

我也聽到街頭傳言了。板倉雙胞胎兄弟，帶著手下連日遠征新宿，新宿的隊伍連戰連敗。攻下東京都內最大的勢力新宿後，再來似乎就以稱霸全東京為目標。

「昨天的敵人可能是今天的朋友。他們應該有請G少年幫忙吧？」

「嗯，上面有幾個人去當幫手，但結果不怎麼好。」

我偷瞄崇仔的側臉。再怎麼不情願，我都會想起把猛哥和崇仔推進計程車的那天晚上，在鬼子母神發生的事。

「果然還是不能沒有老大啊。」

「嗯，是啊。只有猛能夠對抗板倉兄弟。但他距離最佳狀況還很遙遠。能做的練習都做了，雖然他一臉沒事的樣子，但一直在護著右腳踝。」

涼風吹來，不知道誰丟在那裡的體育報在廣場上翻滾。

「你不去新宿嗎？」

崇仔面無表情地點點頭。

「他們不讓我去。猛說，我現在還只會使勁全力出手，這樣搞不好會誤把別人打死。到我學會放鬆、只以七成的力道漂亮地把對手打倒為止，我都還是太過於危險，無法當成戰力使用。真無趣啊。」

有危險迫近自己身邊，緊急的時候還能夠放鬆、降低力道。無論是哪一種武道，能夠做到這種事的，也只有達人了吧。所以就連崇仔也都還差得很遠，是吧。

「剛才宮哥要我明天到拳擊社去一趟，怎麼回事啊？」

崇仔瞅了我一眼。

「噢，今天你做了什麼事？」

「一直在顧店。我媽到新橋演舞場去看劇了。真無趣欸，沒有打工費卻要顧一整天的店。」

崇仔噗嗤一笑，說：

「出現了。」

「什麼東西啦。」

「KO小子。這次又回到攻擊臉去了。打中一個上班族的牙齒，他的拳頭似乎受傷了。」

「你是從哪裡聽來的？」

難道他像我一樣，在少年課有管道嗎？——雙面諜吉岡。

「這次有目擊者。一對G少年和G少女情侶，似乎是在櫸樹叢的陰影處親熱。他們看到有個身著黑色連帽外套的小鬼，按著右手逃掉了，連錢都沒搶。現場似乎還留下了血跡。」

「這樣呀。那，KO小子明天會來練習吧？」

崇仔一臉無趣似地說：

「所以我就講啦，一定是看過猛示範組合拳的傢伙。」

「你不是也看了？」

「嗯，我是看了。但我如果要使用那種隨便就認得出來的拳法，一定會慎選對象。我可沒KO小子那麼蠢。下午兩點開始練習，那我走囉。我要從這裡跑回去。」

崇仔直接穿著他那雙New Balance的慢跑鞋跑掉了。我目送著他的背影。他那種姿勢與其說是跑，反而更像是一顆一邊彈跳一面滾走的彈力球。給人一種彈簧亂亂彈的感覺。

進軍世界。我想起宮哥的話。假如崇仔是這樣的奇才，他在池袋這裡究竟能做什麼事呢？

暑假的學校，很不錯哩。

沒有任何小鬼在用功讀書。老師也稀稀落落的。學生當然也是，只有一些來參加社團活動的人。好像一所地球滅亡後的高工一樣。唔，不過人類滅亡後，什麼NC轉盤啦、沖壓機啦、電腦啦，都不需要了吧。這所學校也會變成沒有用的廢物。

我在距下午兩點還有十分鐘時，走進拳擊社的練習場。崇仔在拳擊場上做打手靶的練習，對手是猛哥。猛哥的腹部穿著護具，雙手戴上手靶。他的右腳果真有點跛。

「放鬆力道，崇。你的拳頭愈是放鬆，速度就愈快唷。」

就好像已經事先編好舞步一般。猛哥一擺好手靶，崇仔的拳套就毫無延遲地打了進去。乾乾的好聽聲音。眼睛一閉上，可以感受到崇仔的手勁。連續出拳聽起來就像音樂一樣。好像一個技巧高超的非裔美籍鼓手般。雖然擊鼓次數多，但絕不會脫拍。

「還不夠，力道再多放鬆些。」

猛哥一面在拳擊場上繞圓圈，一面指導著崇仔。砰、砰、砰、砰。右邊與左邊的四連擊，聽起來幾乎是一個音。

「放鬆，崇。不是用打的，而是一種把拳頭的衝擊在這裡放掉的感覺。」

猛哥把右手的手靶舉到臉旁邊叫道：

「脫力、放掉力量。再一點，再一點。」

那時，崇仔揮出一記不知道是刺拳還是直拳般、毫無力量感的右拳。拳套一打到手靶上，發出了和以往完全不同的高音。該說是發射某種東西的聲音嗎？還是玻璃杯破掉的聲音呢？猛哥的手靶被彈飛到頭的後方。

「就是那樣。別忘掉剛才的那一拳。」

在我身旁看著崇仔做打手靶練習的宮哥說：

「阿誠，剛才那一拳可是真正的擊倒拳呢。只要要害中了他那一拳，沒有人還能站著不倒的。」

崇仔似乎掌握到訣竅了。自那時起，他的右拳打出來有一半以上都變成那種清澈的高音。

崇仔從拳擊場走下來，肚子好像送風裝置一樣上上下下的。他氣喘吁吁地對我說：

「怎麼樣呀，我的右拳？」

我真的看呆了，但我可不想就這樣乖乖認同他的實力。

「還差得遠吧。你還是太用力。」

他那足以殺人的右拳，發出把風切開般的聲音，揮到我面前三公分處停住。由於風壓，我的頭髮都快亂了。

「你還真敢講啊。不過，今天我覺得自己總算抓到正確的感覺了。」

宮哥以受不了的口氣說：

「你花了四天學起來的右直拳，有許多人練習了十年都打不出來。拜託你也考慮一下學長的心情吧。」

猛哥脫下護具後叫道：

「好，所有人給我集合。我弟有些話要說。」

拳擊社的社員一共二十七人。所有人都到齊了。宮哥對著一個臉形呈三角形，像飯糰般可愛的二年級成員說：

「阿蛋，你到福利社去幫忙買運動飲料。不加糖的。買我和猛哥的份。」

阿蛋收下零錢，露出困窘般的笑容跑走了。叫同年級的去買嗎？明明有一年級的在呀。

我的目光被他右手的藍色印花大手帕吸引了過去。給人家要求跑腿的被霸凌人物。我問崇仔：

「剛才那個阿蛋是誰？」

「好像叫木元浩太還是健太吧。只是因為他的臉形，大家都叫他阿蛋。」

我也問了宮哥。

「他拳擊打得如何？」

「他練習很有熱情，差不多是比固定戰力再差一點的水準吧。實力還算可以，但一到比賽時就膽怯起來，一年級的也能打到他。」

我觀察了在場所有人的右拳。有幾個人纏著繃帶，但只有木元一人直接把印花大手帕綁在手上。我向崇仔使個眼色。他似乎老早就察覺到了，用力地向我這裡點頭。

阿蛋回來了，所有成員圍住了四方形的拳擊場四周。猛哥站在場中央說：

「這個是我弟弟，他似乎有話和大家說。請你們聽一下。」

社團裡已成為傳說的學長，也是池袋G少年的第一代老大，啪的一聲拍了一下站在他身邊的崇仔的肩，走下拳擊場。崇仔把仍纏著繃帶的雙手在胸前交疊。他的無袖背心因為汗水而黏在身上，頭髮也亂了。

「我要講的是，在池袋街頭引發騷動的KO小子的事。上次，我哥示範軀體攻擊給我看之後，KO小子馬上就使出腎臟攻擊。在那之前，他用的應該也是我哥教的組合勾拳。」

組合勾拳的事，我也是第一次聽到。

「你如何確信是這樣？」

崇仔在拳擊場上瞥了我一眼。

「我去找被害人，直接確認過了。他是個三十多歲的上班族，住在目白。」

老大這位酷酷的弟弟，依序緩緩地端詳著社員們的臉。

「我並不認為，我哥傳授的拳法和KO小子所用的拳法是碰巧相同的。毫無疑問，KO

小子曾經看過我哥的當場示範。也就是說，犯人就是同時也在這裡的其中一個人。」

充滿汗臭味的練習場裡，大家開始吵雜、浮動起來。社員們彼此面面相覷。崇仔冷靜地說：

「我也問了那位上班族，KO小子的身高。他說，包括訓練鞋在內，大概一百七十公分多一點。怎麼樣，還是沒有人要出來承認嗎？」

我看向身高約一百七十公分的社員。打輕量級的主力成員多半比較嬌小，只有五、六個人高過一百七十公分。但這樣依舊占去四分之一以上的社員。木元也是其中一人。崇仔等了一會兒，沒人出來。

「或許各位已經聽說了，昨天晚上十點左右，KO小子又出現在東池袋。這次的被害人是四十多歲的男性。或許是沒打準，KO小子的拳頭打到了他的牙齒……」

木元哇的一聲抱著頭，跪了下來，全身顫抖。右手的藍色印花大手帕證明了他是G少年的一員。

「……我，我……沒有像崇同學那樣的才能……我再怎麼練習……都還打不過一年級……所以就，所以就……」

原來是個雖然資質差強人意，卻很熱中於練習的被霸凌人物啊。或許木元的自尊心比別人強一倍吧。

「我想崇同學絕對無法了解我的感受吧……什麼阿蛋啊……我又不是什麼飯糰。」

社員們鴉雀無聲。他們看了一下木元後，就一個個把空洞的眼神別了開去。確實，有些東西實在讓人不忍卒睹對吧。接著，他們的視線又集中到了池袋的老大猛哥身上。

「這件事怎麼處理，就交給崇。他已經是我們的幹部了。」

大家關注的焦點回到拳擊場上。崇仔面對不安的視線，絲毫沒有不知所措。

「木元，你一共搶到多少錢？」

阿蛋露出驚嚇的表情，抬頭看著崇仔。

「一共十二萬圓多一點。」

犯了九件案子才這樣啊？不愧是通貨緊縮的日本，上班族的阮囊羞澀。

「那這樣，明天開始你去打工。賺到多一倍的二十五萬圓後，你找個慈善機構捐了，捐哪裡都行。」

木元露出惶恐的表情說：

「那學校和警察呢？」

木元似乎很清楚，自己的所做所為是犯罪。他的視線在游移。

「我不打算告發你。」

「真的嗎？」

G少年和拳擊社的問題，不希望有外力的介入。我可以理解崇仔的感受。但這樣會不會太便宜他了呢？雖然才一星期左右，但被害人也有人受傷的。崇仔像個法官似地說：

「還有，我命令你暑假期間和所有社員對練一百次。大家不要手下留情啊。」

崇仔看向人在拳擊場下方的猛哥。池袋的老大啪的一聲拍了一下手後說：

「是我交給崇處置的。他講的話就當成是我的命令。這件事不許任何人對外透露。畢竟是咱們拳擊社之恥嘛。」

宮哥看著牆上的鐘說：

「好，休息十五分鐘。休息完畢後，先從二年級的對練開始。」

社員們逐一散去。沒有任何人開口和木元說話。猛哥拖著右腳靠近木元，把手放在他的肩上，不知道講了些什麼。聲音很小，別人都聽不到。木元緊握雙拳，站在那裡哭了出來。

我覺得，要當大家的老大，不能只是很厲害而已。還必須在無人伸出援手時，出手幫忙。從明天起，木元應該會為了猛哥赴湯蹈火、在所不辭吧。

我和崇仔跑到外面吹風。足球社正在進行練習賽的那個場地，乾燥得像沙漠一樣。

「你什麼時候變成G少年的法官啦？」

崇仔凝視著在校舍那頭辦公大樓上方高聳的積雨雲。池袋沒有地平線。

「我也不太清楚。我哥不知為何就是會叫我做些G少年的事。像是調解不同小隊間的爭執啦、把KO小子的事情做個了斷啦之類的。拳擊也是，訓練不是普通的嚴厲。每天我都是筋疲力竭地一倒在床上就睡死，一覺醒來已經早上了。」

猛哥應該是想把自己懂的一切都教給崇仔吧。我可以理解猛哥的心情。我想起他不知何時講過的話：這已經快到我能承受的最大限度了。要長期擔任大家的老大，必須承受的壓力或許是相當驚人的。

我把打從鬼子母神那晚起就一直在考慮的事情講了出來。

「和你說哦，崇仔。既然你加入了G少年，我在想我要不要也加入好了。」

崇仔凝視著我的眼。他的眼睛像是讓人解讀不出情感的彈珠。

「不，不可以。試著仲裁G少年的糾紛後，我深深了解到，我的立場沒辦法和成員當朋友。我想我哥應該也是吧。他先前也都沒有邀我加入過。」

原來老大是很孤獨的。我和崇仔肩並著肩，看著耀眼的八月積雨雲。老大的弟弟難以啟齒似地說：

「我和你，那個，該怎麼說呢，我希望可以永遠是朋友。那樣比較好。你可不要來加入我們。」

這話聽得我心癢癢的。女人在有人向自己求婚時，可能就是這種感受吧。

「好啦。反正我打死也不要當你的部下。不過，你有什麼事，要告訴我啊。只因為你是老大的弟弟，一下子就當幹部，感覺會很辛苦。我可以陪你玩，讓你喘口氣。」

「知道了，阿誠。」

這種氛圍最讓我不自在了。

「是說，藝人不是也有那種沾了爸媽或兄弟姊妹的光，卻紅不起來的人嗎？今後在G少年，你想必有苦頭吃了。」

「開什麼玩笑啊。」

說真的，我完全看不到他的左刺拳是怎麼揮到我鼻子前方一公分處的。今後要再和崇仔說笑時，我想我一開始就要先保持安全距離。

平穩的日子回來了。

一旦街頭四處發生麻煩，費事是費事，但是不無聊；一旦啥事也不發生，平靜是平靜，無聊的感受又會像積雨雲一樣不斷堆積，甚至於無聊到自己一人難以獨自承受的地步。暑假的前半段，給人的感覺就是這種無止境的無聊吧。等待著我的，只有一成不變在西一番街顧店的生活而已。本來會陪我玩的崇仔忙於練習拳擊以及G少年的工作。連一半的課被我翹掉的學校生活，都讓我感到懷念。

變化出現在八月總算過了一半的時候，序曲是個讓人難過的消息。

那是個雨靜靜地下著的星期三。

碰到那樣的日子，我們水果行會維持在「有營業，沒生意」的狀況。也只能在店的後方聽聽收音機，看著雨下個沒完沒了的樣子，別無他法。但白天的廣播節目為什麼會有那麼多低級橋段啊？大人們都已經悶熱得發慌了吧。

為了切成熟的西瓜，我把菜刀拿來磨。你或許有些意外，我可是很擅長磨刀的。把磨刀石弄濕，然後把菜刀放到上面磨，磨好以後打開水龍頭，以細如絲線的水清洗刀子，然後以指尖確認刀子的鋒利度。那感覺可是很爽的唷。

我牛仔褲後口袋裡的手機響了。說來不可思議，有些電話你在接起來之前，真的會先有不祥的預感。就像是水滴從電線滴到我領口似的，我背脊一陣涼。手機的液晶小螢幕上顯示的名字是安藤崇。

「找我什麼事？」

在崇仔回答之前，我緩緩地深呼吸了一口氣。究竟為什麼？

「我來通知你，我媽今天黎明時病危了。醫生說他們會全力搶救，但也要我們做好心理準備。你也和你媽說一聲。」

一時之間我不知該怎麼回答他。

「我不知道該說什麼才好……辛苦你們了。」

崇仔堅強地說：

「我和猛早就做好這一天總會到來的心理準備。」

「我想我媽一定會說她想去探病的。而且，我也想去。我們不請自去，沒關係嗎？」

「嗯，雖然她已經幾乎沒有意識了，你們就來道別吧。我想我媽……臨終前……也想見你們。」

雖然只是講電話，我很清楚在崇仔講到「臨終前」時，落下了一滴淚。他的聲音完全沒有動搖感，但他確實哭了。我的心也揪在一起，而面對全力忍住淚水的他，我可不能隨便就哭。

「我會和我媽說的。有沒有缺什麼東西？」

又隔了一下子。我聽到雨聲，又聞到水果熟了的氣味。

「我媽已經沒有什麼需要的東西了。阿誠，這才是我難受的事。」

電話突然掛斷。這時我才稍微能夠哭出來。撐著傘從我們店門口走過去的小學生，露出奇怪的表情看著我。我馬上別開視線。我開水龍頭洗了臉，調整完呼吸，上二樓向正在看重播連續劇的老媽，報告崇仔母親的消息。

那天下午，老媽包了一些錢，到要町的都立病院去探病。她一回到店裡，就一直說好可憐，好可憐。我回她話，她也不理我。那天我心裡很不安，但還是勉強自己睡了。

我是隔天上醫院去的。雨停後，南風吹來，氣溫急速上升，過了中午就到達三十六度。想說買點有營養的東西過去，就到東武百貨的地下賣場買了豬排三明治。別看我這樣，我還是比較機伶的那種人。

崇仔的媽媽換了病房。換到設在護理站前面、專為病危病患準備的個人病房。病房外走廊上的長椅上，哥哥和弟弟都在。我把豬排三明治遞給崇仔說：

「你有沒有好好吃東西啊？不吃的話，會是你先病倒欸。」

崇仔面頰消瘦，臉形變得更尖了。他憔悴的臉上露出笑容道：

「嗯，雖然完全食而無味，但當成是自己的工作，我還是有吃。」

消瘦程度完全不輸崇仔的猛哥說：

「我去下面的餐廳吃個東西再回來。阿誠，你去看看我媽吧。回去也請代為向令堂問好。真的很感謝你們幫忙。」

猛哥稍微拖著右腳，在醫院寬得可以的走廊上走向電梯。崇仔向我點頭道：

「要看她嗎？」

「……要。」

我穿過維持開啟的門口，走到病床旁。看了一眼後，我覺得狀況不妙。眼睛和臉頰凹陷，臉色蒼白。鼻子插了管，左手打著點滴。點滴架上掛著三種大到不行的藥水袋。

我忘不了自己那時想到的事。此時此刻，我正在看一個不久就要死去的人。那種感覺排山倒海而來，令我無語。崇仔以溫柔得嚇人的聲音，對著持續沉睡的母親說：

「媽，會不會有點熱？」

他以弄濕的毛巾幫伯母擦額頭。我已經受不了了。我想要逃離病房，我想要曬太陽。這樣的崇仔，我實在不忍心看下去。他沒有看我這裡，說：

「白天由猛和我陪伴媽媽。晚上就兩個人換班睡在那張簡易折疊床上。它可是難睡得嚇人哩。唔，雖然我幾乎睡不著，所以是沒什麼差啦。」

折疊床現在是收著的。還有向醫院借的薄棉被和毛巾被。由於一直待在那裡我很怕會哭出來，所以刻意看著手錶說：

「我家老媽今天去參加下谷的祭典了。我還要顧店，得回去了。崇仔，你要好好把豬排三明治吃掉耶。那很貴的。」

崇仔開心地笑了。

「我知道啦。謝謝你，阿誠。」

接著，他做出了令我難以置信的事。他向我伸出了右手。我認識他這麼多年，這是他第一次跟我握手。我握了他冰冷的手後，離開病房。那時我就知道，崇仔應該不會吃什麼豬排三明治。到了明天還是後天，他會把連開都沒開的紙盒拿去丟掉。不好意思了，阿誠。

往池袋站去的回程路上，我每踏出一步，就在心裡說一句。

不要死，不要死，誰都一樣，不要死。

把這番話拿來當成在副都心行進的歌詞，很不適切對吧。

崇仔的媽媽不折不扣展現了「拚死拚活」的精神。

自醫生宣告病危以來，她撐了超過整整一個星期。或許是因為她才四十多歲，還很年輕，除了生病的地方以外，身體都還有力氣吧。在那之後我又去探了兩次病，但猛哥和崇仔兩兄弟依然日漸消瘦。猛哥原本是輕量級的，看起來變成低三個等級的超級雛量級。猛哥一看到我的臉，就笑著說：

「下次想要減重，就要住在醫院。體重掉得亂快一把的。」

露出困惑的表情點頭已經是我的極限了。事關人命的笑話，我笑不出來。

在華英伯母與病魔搏鬥的期間，街頭也發生了莫大的變化。

告訴我那個消息的，是籃球社的森村學長。森村學長身高一八六，體型很高，纖細但有肌肉。收到新宿新星群隊要求援助的請託後，幾個武鬥派的人被派去了新宿，充當新宿對抗埼玉的幫手。

「池袋雖然風平浪靜，那裡可是狂風暴雨哩。」

明明只隔三個還是四個ＪＲ車站，新宿那裡卻是每天都在幹架。在這場G少年的集會中，來參加的是原本的主要幹部與比較閒的小鬼。地點在東池袋中央公園。宮哥說：

「你和板倉兄弟的哥哥較量過對吧？他怎麼樣？」

森村學長坐在草皮上，按著後頸的地方說：

「我之前聽說啟二是使踢拳道的，所以有特別注意。他會從很遠的地方一腳踢過來。他的動作我看得很楚。右腳的中段踢。我手肘一縮，去保護側腹。但下一個瞬間，我就倒在地上了。」

宮哥焦急地說：

「怎麼回事？」

「一開始我也搞不懂。但看到他出腿的新宿人告訴我，啟二出腿後在快要踢到之前似乎會改變軌道，從中段踢變成高段踢。說來難為情，我著實吃了他那一腿後，就直接被擊倒了。那小子真的很強。」

宮哥盤起手說：

「……會改變軌道的腿踢是嗎。這得先讓我們老大知道呀。」

只要知道敵方大將的資訊，應該就能設法對付吧。猛哥的右腿還沒完全復原。而且他陪伴在母親身邊，體重又直直落。現在應該不是能夠對戰的狀態。森村學長遺憾地說：

「不管怎樣，新宿應該再過不久就要淪陷了。黃色打扮的那群人會旁若無人地在那裡行動。那邊的小鬼全都偷偷逃去躲起來了。」

好幾個人異口同聲嘆氣。有人小聲地喃喃說道：

「要是我們老大身體沒出問題就好了吶。」

我變得更加不安了。狀況絕佳時的猛哥，可以打敗板倉兄弟的哥哥——這種事有任何人能保證嗎？

G少年集會幾天後，埼玉犀牛隊在新宿稱霸的消息，已經在東京的小鬼間傳遍。令人震驚。據傳聞，新宿與池袋、澀谷並列為都內最強的隊伍。以成員人數來算，新宿是最多的。但埼玉的小子們卻輕易就擊敗了他們。

在池袋也是，只要有幾個小鬼聚在一起，一定會聊到犀牛隊的事。板倉兄弟強得像妖怪一樣。在新宿也已經出現好幾名行蹤不明的人。聽說是埋到了東京和埼玉交界處、秩父的深山裡去了。

這些小鬼最後一定會講到，接下來就輪到池袋了。

板倉兄弟也是這麼講的。他們講出口的事，就一定會遵守吧。距離一個月的期限，只剩幾天了。

暑假的最幾天，氛圍總是比較特別對吧。

雖然無趣但好像作夢般的日子，就要結束了。下星期開始，每天又要展開累人的學校生活。班上的男同學們都過得如何呢？我們班是機械科，因此百分之百都是男的。

那年的九月一日是星期六，開學典禮是九月三日。就在勉強算得上是暑假最後一天的星期六晚上，池袋的街頭一如往常鬧熱滾滾。總之就是不想回家的年輕小伙子們，像水母一般大量出現。

崇仔來電是在晚上十點左右。由於我已經做好心理準備，電話一響我就同時咬著牙接起。

「阿誠嗎？請和你媽媽說一聲，一切都結束了。」

一個醉漢從西一番街走過。他在擔心下一攤要去哪裡喝，根本不把我家的店放在眼裡吧。

「這樣呀。親戚來了嗎？」

「不，我們沒有親戚。」

崇仔的老爸以前和家人間似乎發生過什麼摩擦，安藤家和親戚很疏遠。

「知道了。我會馬上要我老媽過去。晚一點我也會過去拜訪。」

「真不好意思……」

崇仔似乎很猶豫要不要說出口。

「……真的是很漫長。」

超過一個星期，每隔一晚就幾乎是徹夜陪在母親身旁。時間長到連我都要發暈了，當事人崇仔不知道會覺得這段時間有多漫長。

「辛苦了，你很努力了，崇仔。」

「你如果再講這麼貼心的話，我可要揍你囉，阿誠。我整個人快掛掉了，先這樣啦。」

「嗯。」

我和老媽說了。有如傳話遊戲般，我只用最少的字眼說，華英伯母死了。老媽以不到十分鐘的極速出了門。她過到馬路那邊，攔了計程車。我對著關上的門大吼道：

「他們兩個拜託妳了！」

我只看得出老媽在昏暗的後座上點了頭，但看不到她臉上的表情。

我以極快的速度關了店，但因為還要檢查門窗，一共花了二十五分鐘。我沒有錢坐計程車，便用走的去要町。我一面閃避著在夜晚路上浮游著的水母們，一面快步行走。只多花了十五分鐘，我想華英伯母應該不會抱怨吧。她的時間永遠足夠。

來了許多次的都立醫院，夜間的門房是個年老的警衛。我向他報出安藤華英這個名字後，他翻了翻文件說：

「沒看到那個名字耶。」

「剛才去世了。」

「抱歉。這樣的話，在太平間。請搭電梯到地下二樓。」

我默默向他點了點頭。太平間這個字眼好沉重。一瞬間讓我好想逃跑。在等電梯的時候，我反覆做了好幾次的深呼吸。

等候室很潮濕，放著兩組略微隔開的沙發。黑色西裝的男子坐在猛哥和我家老媽對面，不知道在說明什麼。崇仔在另一張沙發上凝視著空氣。

一走近，我就知道了。猛哥面前有一份底色是灰色的目錄。葬儀社的人全身包覆在一股職業性的悲傷氣氛中。我在崇仔身旁坐下，不想進入他的視線範圍。沙發的料子是粗糙的棉質，顏色則是無限接近黑色的深灰色。

「辛苦你了。」

崇仔沒看我，說道：

「我媽變得和以前一樣漂亮。你去看看她的臉。那裡右邊的門。」

我僵著身子站起來，走到上頭寫著一號太平間的門前站定。我雙手合什，把門把往後拉。打開沉重的門後，傳來線香的味道。

太平間是一個縱長約三張榻榻米大小的房間，華英伯母就躺在置於右手邊的擔架上，臉上沒有蓋白布。崇仔的媽媽臉上，沒有痛苦的表情。就好像無憂無慮，安祥地睡著了。這或許是活著的人擅自想要這麼去想吧。

我從線香爐中抽起一根線香，用放在一旁的百圓打火機點了火。想說總該講點什麼話好，我閉上眼睛，在嘴裡咕噥說道：

「請您好好休息。我會遵照華英伯母所託，今後永遠守護著崇仔的。」

最後，我再次看了華英伯母的臉。死去的人，比活著的人還美。

♛

走出太平間，我回到崇仔身旁的沙發上。以宮哥為首的幾個G少年幹部，還有幾位中年女性，聚集在略有距離的電梯間處。是華英伯母的朋友嗎？

隔壁沙發上，葬儀社的業務員在針對葬禮的必需品做說明。棺材、骨灰罈、祭壇，以及裝飾在祭壇的花與遺照大小。全部似乎都分為初等、上等、特等三種等級。我知道崇仔家沒錢，我家也一樣。

但業務員一問猛哥，他選的一直都是相當於普通的上等等級。上上上。這固然代表著普通普通普通的意思，但也是窮人家能夠堅持的最後一點事了。猛哥並沒有在計算什麼費用之類的。

崇仔似乎很不爽自己的哥哥在隔壁的沙發上，理所當然似地在挑選葬禮的等級。他的右腳罕見地出現不自覺的抖動。而且是在超高速之下。我心想，崇仔和猛哥是在共同承受著同樣的悲傷。只不過猛哥的方式比較成熟一點，而崇仔的方式則細膩一點。

完成和葬儀社的討論、結束向吊唁者的致意時，已經過了半夜。還在現場的就是老媽和我，以及安藤兄弟。老媽把手放在猛哥肩上，以輕柔的聲音說：

「你們已經沒有其他能做的事了。明天起，又要忙碌起來。去世的人，就是會把活著的人當牛馬一樣使喚。今天你們回家休息吧。」

崇仔沒看他哥哥，喃喃說道：

「沒有媽媽在的家裡，我不想回去。」

我吃了一驚。我想崇仔是今晚不想和猛哥兩個人度過吧？我自以為機伶地說：

「要不要久違地到我房間來睡啊？可以吧，媽？」

老媽看著猛哥的臉。

「可以吧，阿猛？明天中午之前就把他還給你。早餐也會好好讓他吃的。」

猛哥露出爽快得出奇的表情，點頭道：

「我還要留在這裡一下，吃點什麼之後再回家。明天商量葬禮事宜時，要過來幫忙哦。辛苦了，崇。」

我這輩子最後悔莫及的事就發生在那時候。那時候，要是我硬把猛哥也邀到我家去，不就不會發生那樣的事了嗎？我和老媽也好幾次講到那件事。雖然我們對崇仔從沒提過一個字。

「知道了。家裡就麻煩你了。」

崇仔說著，把目光別開。老媽和崇仔和我，從地下搭著電梯回到上面。有一種回到生者的世界之感。老媽出錢叫計程車，所以十分鐘後，就回到我們店裡了。

總覺得一切都好像一場夢似的。

雖然崇仔幾乎沒吃，但老媽為我們做了茶泡飯當消夜。把鯛魚生魚片沾上芝麻醬，放在熱騰騰的白飯上，再把撒了鹽的茶倒上去吃。有人去世後的茶泡飯吃起來異常美味，狼吞虎嚥的沙沙聲格外悽涼。

我在我的四張半榻榻米大小的房裡並排舖上兩張棉被。我把我的T恤與短褲借給沖完澡的崇仔穿。就在我默默地打算就寢時，崇仔的手機響了。時刻是深夜一點半。

「嗯，我是。」

聽得出來是猛哥的聲音。他們講了一些不知道什麼事。崇仔只一直回他知道了，知道了而已。我是獨生子，所以並不清楚，但對弟弟來說，哥哥或許永遠是煩人的存在。

過了一會兒，崇仔把手機朝向我。

「猛說要叫你聽。」

我接過手機，把耳朵湊上去。別人的手機，用起來總覺得哪裡怪怪的。

「今天很謝謝你們。阿誠，崇的事就麻煩你了。那小子不擅長表達自己的情感，應該也很常被別人誤解吧。這種時候，請你充當溝通的橋梁。他是我自豪的弟弟，我可要永遠拜託你哦。」

「猛哥你是池袋的老大吧？不要這樣啦。就算你不拜託我，我也會好好照顧你不肖的弟弟。華英伯母也拜託過我同樣的事。大家都把我看成是頗為可靠的人呢。」

崇仔把枕頭丟向我，手機差點就掉了。

「好啦，知道了。你們兩個是好搭檔。幫我問候崇仔。明天見囉。」

「嗯，猛哥你也要小心。明天見。」

通話伴隨著笑聲結束了。

因此，最後和池袋的老大講話的，就是我本人了。那時，沒有其他想要講的話嗎？沒有什麼魔法的咒文，可以拯救猛哥嗎？我人太笨，到現在都還偶爾會這麼想。

時刻是早上六點。

空調一直沒關，但我房間因為射進來的晨間陽光而難以維持睡眠。崇仔的手機響起時，我已經半醒了。不愧是崇仔，反射動作很快，來電鈴聲才響一聲半，他就從睡夢中醒來，打開手機。

「你好。」

崇仔像設有彈簧的人偶一樣跳了起來。

「知道了，我馬上過去。」

他這麼回答時，臉色像漂白的紙張一樣蒼白。究竟發生了什麼事？就在我慢吞吞地起床時，他已經套上牛仔褲了。

「阿誠，猛死了。」

完全聽不懂他的意思。前不久不是才講過電話的嗎？弟弟拜託你了。他那略帶笑意的認真聲音，還留在我耳際。

「別開玩笑啦。」

崇仔沒看我，從頭上套進T恤。

「是池袋警察署打來的，說遺體在要町的醫院裡。等下要進行司法解剖，說如果想見一面的話，就要馬上過去。」

我的全身寒毛倒豎。猛哥，池袋的老大，真的死了。

「你幫我通知G少年的聯絡網。我馬上過去。狀況弄清楚後，我會從那裡和你聯絡。」

老媽拉開我房間和起居室之間的紙門。味噌湯的迷人香氣飄了進來。

「哎呀，好早起來耶。飯快煮好了，再等一下。」

崇仔一臉蒼白，向老媽點了頭後，就往玄關飛奔而去。傳來跳過一級階梯下樓梯的聲音。

「小崇他怎麼啦？」

我勉強擠出聲音說：

「聽說猛哥死掉了。」

是事故還是刑案，我不知道。但如果是刑案，新聞應該會報。我一面打開自己的手機，一面操作電視搖控器。

在公共廣播的晨間新聞裡，報導了東池袋殺人事件。看一眼就知道，那是高架線下方的空地。鑑識人員在水泥地面上放了卡片，拍著照片。跑馬燈字幕顯示，被害人姓名是安藤猛（二十歲）。據信安藤先生遭人刺中背後，失血而死。星期日的早上，G少年會有幾個人看電視？我毫不猶豫地選了宮哥的電話號碼。

我只把事實狀況告訴似乎還很想睡的宮哥，要他看新聞。

我完全不知道該如何是好。無可奈何下，我吃了老媽做的早餐。有竹筴魚乾、炸茄子、油炸豆皮的味噌湯、半熟的荷包蛋、鮪魚納豆，以及手作馬鈴薯沙拉。都是崇仔睡在這裡害的，比平常還豪華。我全都吃光光了，但吃起來索然無味。我像機器人般洗了臉，換好衣服。

然後，我只能痴痴地等著崇仔打來。

那天下午，我到池袋警察署去。

崇仔在都立醫院確認了猛哥的遺體。連續兩天跑太平間。這次我沒問是一號還是二號太平間。崇仔直接被帶往池袋警察署。案子在初期的調查階段很重要。警視廳的搜查一課當然會盡可能想多收集猛哥的資訊吧。

我帶著老媽交給我的飯糰到池袋警察署去，是下午兩點過後的事。我說我是崇仔的朋友，他們就告訴我偵訊室的號碼和樓層。就在我搭了電梯向上，正在找房間時，一個慈眉善目的刑警走近我。和電視播的刑警劇截然不同。雖然他的眼睛好像在微笑，表情卻完全判讀不出來。他以極其親切的口吻說：

「你就是真島誠同學吧。昨天晚上，安藤崇住在你家，是真的嗎？」

我一回神，他已經拿出了筆記本和原子筆。

「對，我媽媽也一起。昨天晚上，崇的媽媽才剛去世。」

「可以告訴我府上的電話號碼嗎？」

雖然我很討厭他把我家電話號碼寫在黑色筆記本上，但無可奈何下，我報了十位數字。

「崇他沒事嗎？他一下子死了媽媽，又死了哥哥。」

刑警點了點頭。白色短袖的開襟襯衫上，有著和崇仔一樣的熨斗痕跡。這傢伙也是自己燙衣服的嗎？

「嗯，他冷靜得異常。針對猛先生的案子，他似乎完全沒想法。」

我維持住自己臉上的表情。崇仔好像完全沒提到和埼玉犀牛隊之間的抗爭。也沒提到他們一個月以內要稱霸池袋的宣言。崇仔應該有他的想法。

「真島同學你怎麼看？」

「猛哥不是那種會招來他人怨恨的人。我到現在還不敢相信。為什麼那樣的人非得被殺害不可呢？」

這是我百分之百的真心話。我的眼底甚至於滲出了淚水。

「我知道了。他在走道盡頭右邊的房間。你去陪他吧。」

我輕輕點了點頭，朝六號偵訊室走去。

那是一間約莫以腰部的高度為分界、分別塗成深灰與亮灰色的狹小房間。正中央擺了一張看來是便宜貨的桌子與兩張鋼管椅。牆邊還有另一張小桌。崇仔緊閉著嘴，豎直了背脊面對桌子坐著。一看到我的臉，他眼底有一道海市蜃樓般的藍色影子在晃動。

「你來真是太好了。」

崇仔給我一種和昨天為止不同的印象。那氛圍像是他的人待在厚厚的冰塊那頭，一個人靜靜地發著怒，不知道在計畫什麼。

「這是我媽要我帶來慰勞你的食物。還有茶，焙茶可以吧？」

我把寶特瓶和包在鋁箔裡的飯糰放在桌上。

「崇仔，一早到現在，你什麼都沒吃吧？」

「我忘了。」

就在崇仔把三個飯糰吃掉、把茶喝光時，我小聲問道：

「這裡應該沒裝竊聽器吧？」

「我不知道，但我想應該不用擔心。他們並不是以嫌犯的身分把我抓來的。新聞不是常看到嗎，只是在調查平常的交友關係而已。」

不過，講話聲音還是自然而然地放低了。

「崇仔你為什麼沒把G少年和埼玉的事講出來？」

「那與警察無關，是我們的事。」

他的眼神全無動搖。那時我知道了，崇仔要靠自己親手解決這件事。

「這樣呀。」

「沒想到一次要辦兩人份的葬禮。真是情何以堪。」

悲傷或憤怒一旦太過，人就會變得透明。看著崇仔，我這麼感覺到。對於活生生的人來說，我不知道這是好事還是壞事，但那時的崇仔看起來極其冷靜、極度高性能。

走廊那頭似乎有鬧哄哄、人聲吵雜的感覺。

是別的案子嗎？我們半打開門，探頭去看偵訊室外的走廊。一群刑警圍著一個約莫和我們同年齡的矮個子小鬼，臉上有挨了打的瘀青痕跡。在左眼附近。小鬼看來惴惴不安，但和崇仔與我對上眼時，還是同樣的表情。他的雙手被手銬固定住，腰上繫著繩子。這到底是什麼人？

看到他的臉，我最先想到的是最近看過而且很在意的兩個小鬼。一個是電話詐騙集團的成員藤本，另一個是拳擊社的KO小子阿蛋。他們兩個在同伴之間都是被霸凌的人物，表情都很陰鬱；存在感低，不被大家當成一回事。

「那邊的，進去裡面，看什麼看！」

剛才的刑警喝斥我們。這人會和猛哥的案子有什麼關係嗎？我和崇仔回到六號偵訊室，就這樣等了四十分鐘。沒有任何人過來，我們就這樣被丟在那裡。警案對於案件的關係人，真是一點都不親切。

那個刑警和另一個年輕刑警出現。剛才的緊張感消失了。

「案子已經破了。」

破了？是已經解決了的意思嗎？

「這張照片的少年，你們有印象嗎？」

是剛才那個小鬼的列印照片。我知道這兩個刑警在注意我們兩人的表情。我說：

「沒有耶，沒看過。」

崇仔則是平靜地提出質問。

「這小子叫什麼名字？他是哪裡來的傢伙？」

刑警維持著柔和的眼神，以聽來愧疚的語氣說：

「這是少年犯罪，所以就算你是被害人家屬，我們也沒辦法告訴你。抱歉了，安藤小弟。」

少年法保障不透露那個小鬼的長相、姓名與出身地。但猛哥的姓名、長相卻都在電視新聞中報導出來，甚至連他流到路上的血跡，都被攤在陽光下。我好容易才擠出一句諷刺的話來。

「所以被害人就該自認倒楣是嗎？」

我火大到了極點。崇仔一臉若無其事，把怒氣全都塞進厚重的冰層裡。我講的話，不知道他聽不聽得到？和昨天為止相比，崇仔變得判若兩人。這樣的他讓我有些害怕。

到了傍晚，警察說我們可以回去了。崇仔在匯整證詞的文件上簽了名。真難以置信，明天起就要上學了。開學典禮。

我們一走出池袋警察署，所有電視台的記者和攝影機已經等候在正面玄關那裡了。在那個當下，全日本對於這個案子的結果最一無所知的，毫無疑問就是我和崇仔了。我們沒看新聞。

來接我們的有宮哥、森村學長，以及幾個G少年的頭兒。崇仔把後天的葬禮兼告別式的地點告訴一臉悲痛的成員們後，就有氣無力地走掉了。他說他想要一個人靜一靜，說想要獨自把所有的事都重新再想一遍。總覺得他好像講了這樣的話，但我也不太記得了。

我的記憶體容量已經快爆掉了。

安藤華英與安藤猛的葬禮，在豐島區營的城市公民館舉行。那是一個九月的大晴天早上。頗有涼爽感的如玻璃粉般的陽光在風中飛舞。外頭有眾多的媒體相關人士。看了新聞，我總算弄懂東池袋殺人事件的粗略案情了。

安藤猛（二十歲）自醫院返回自家途中，肩膀擦撞到嫌犯A，起了口角。被害人先出手，A因為感到害怕，因此以帶在身上的尖刀刺傷被害人。A逃回埼玉當地，但看了新聞後嚇到，找朋友商量後，帶著沾有血跡與指紋的尖刀到池袋警察署自首。根據DNA鑑定，刀子上沾有的血跡與安藤猛的血液一致，遂宣告破案。檯面上的說法就是這樣。但在池袋街頭，才沒人會相信這種唬爛的故事。

老大不可能會被那種小鬼幹掉。基本上，在母親去世的當晚，猛哥會因為肩膀擦撞到別人，就以拳擊手的拳頭相向嗎？那個小鬼一定是被人家強迫去自首的。他想必是在埼玉當地土生土長、一直以來都是個被霸凌的角色吧。他一輩子都會在當地生活下去。或許對方是拿他的弟弟妹妹等近親，作為要脅他的藉口。我也並不認為，那個矮個子小鬼會隨時帶著刀走來走去。第一，猛哥的右腿腫起來，膨脹得跟什麼一樣。我並不認為那個名叫A的小鬼是什麼踢拳道的知名選手。

前往葬禮的有少數幾位崇仔媽媽的朋友和親戚，以及幾百名的G少年與G少女。棺木運上靈車時，華英伯母的遺照由崇仔捧著，猛哥的遺照則由宮哥捧著。崇仔穿著喪服很纖瘦，領帶也細到和紙膠帶差不多，我覺得很適合他。家屬的致詞很簡短。

「很感謝各位在死去的家母安藤華英，以及家兄安藤猛生前，對他們那麼好。他們兩人都已安眠。我不會忘記這種遺憾的感覺。去世的人，就在天堂好好休息；活著的人，也必須好好地把自己的工作做好。」

崇仔就這樣捧著遺照一鞠躬。

「請各位助我一臂之力。拜託你們了。」

我和崇仔、宮哥上了小巴士。火葬場位於巢鴨。把池袋的老大燒到變成骨頭，只要區區二十分鐘。

火葬爐的門一關上，我們就被帶到位於二樓、鋪有榻榻米的大會場去。矮桌上擺著表面乾掉的壽司，以及變溫的啤酒與果汁。無可奈何下我只伸手夾了葫蘆乾捲。

宮哥過來我這裡，附耳道：

「你過來一下。崇仔在召集G少年。他似乎希望你也過去。」

穿著黑色西裝的G少年頭頭們，離開了大會場。

我也低調地跟在他們後面。

黑色西服的幫派成員們在火葬場的後院聚集起來。那是一個草皮潮濕、日照不佳的地方。崇仔的左右兩側是宮哥和森村學長。頭頭們一共七人，澀谷的頭頭也有一人前來。崇仔以平靜但清楚的聲音說：

「今天很感謝大家來參加猛的葬禮。我有一個請求，只要一段時間就好，能不能讓我擔任G少年的總領呢？我有非做不可的事。等事情完成後，要我馬上辭職都行。」

武鬥派的單位破運捨的頭頭五十嵐低聲說：

「你哥哥的事真的很遺憾。但G少年的成員超過三百人，你又才剛加入，我們也不知道你是什麼樣的人。最重要的是，你有沒有本事也是個問題。沒有實力的傢伙，是無法帶領池袋的。」

五十嵐脫去黑色上衣。裡頭是白色短袖襯衫，雙臂上刺滿部落圖騰的圖案。似乎是南洋的部落。

「就讓我來測試一下，你是不是真有本事。我要出手囉。」

五十嵐滑步靠近崇仔，左手前伸，擺出側著身的姿勢。不是空手道就是日本拳法吧。崇仔沒脫上衣，迅速地往前移動，雙手上舉的同時，揮出左刺拳。這一記全無力道在內的刺拳，漂亮地連續打中對方鼻尖兩次。雙方的速度屬於不同次元。

接著，崇仔又展現多種組合拳。都是猛哥示範過的。往左踏步後，使出上下兩段的左勾拳。五十嵐無論攻擊或防禦速度，都完全跟不上崇仔。等到他總算揮出正拳時，崇仔往右踏步，準備對抖著身子、放低腰部的五十嵐使出右擺拳。

「到此為止，小崇。」

宮哥叫道。崇仔的拳頭在離五十嵐的太陽穴一半距離的地方停住，然後同樣以光速般的速度收了回去。感覺比上次崇仔打沙包時還要沒有力量，速度卻有兩倍。五十嵐砰的一聲跌坐在草皮上。

他苦笑道：

「你哥和你都很厲害呀。我願意奉你為新老大。大家都同意吧？」

G少年的頭頭們都點了頭。五十嵐維持坐姿，向崇仔伸出手。崇仔以G少年新任老大的身分，幫忙部下爬起來。

「在這裡的每一位，都知道警察公開的案情是瞎編的。我們鎖定的目標是：電話詐騙的帶頭者橋爪，以及埼玉犀牛隊的板倉兄弟。請大家助我一臂之力，為猛討個公道。」

橋爪毀掉猛哥的右腳，板倉雙胞胎兄弟殺害猛哥。我和崇仔都認為，要是猛哥的腳沒有異狀，就算對方兩人一起上，猛哥也不會輸給人家。最關鍵的事情，發生在最遠的時刻。猛哥喪命的原因，也和橋爪有關。有人大叫道：

「那是一定要的。G少年怎麼能夠任人家打不還手。」

對啊，對啊。野獸般的聲音接連答腔道。

「作戰策略就由我和那邊那位阿誠來擬定。你們就當執行部隊負責行動。」

頭頭中有幾個人露出「這小鬼哪來的」的表情瞪著我。

「阿誠是我朋友，是個一肚子鬼主意的男人。我並不是不相信你們，但他是真的有能力。」

我腳底有一種被人家搔癢的感覺。這話是當真的嗎？

「還有，我任命這裡的森村與田宮擔任我的副官。拜託大家了。」

直呼兩個高中學長的名字，還任命為副官。崇仔已然具備王者的威嚴。我們就地解散，紛紛回到火葬場的二樓去。

那天傍晚，崇仔和我以及兩名副官召開了會議。崇仔似乎不打算花太多時間。他要在華英伯母與猛哥的喪期屆滿之前就把事情解決掉。先從邪派的打工組長橋爪下手。

我們逐一在小小的祭壇處上香，一面討論著行動事宜。崇仔家位於池袋與大塚相接的邊界，是一間在東池袋五丁目、公共住宅裡的兩房一廳。廚房兼餐廳大約比六張榻榻米大一點，放兩個骨灰罈再加四個小鬼就擠得滿滿的了。我說：

「總之，橋爪那裡比較有利於我們的是，他絕對不會報警。詐騙電話的祕密基地不可能打給一一〇。」

宮哥看著我所繪製的大樓隔間圖說：

「這棟大樓在區公所後面是嗎？裡面大概有幾個人呢？」

我回想著成員們的臉。日光浴沙龍和機車快遞。

「十個人再多一點。除橋爪外，大家都集中在客廳。其中有一半是能打的，剩下的就是看起來絕對不會打的那種型。」

「唔，這樣呀。那，我們的突擊隊大概十個人就行了吧？」

崇仔略微頷首道：

「很夠了。我和阿誠也會去哦。」

「咦，我也要去啊？」

崇仔以理所當然般的口吻說：

「知道室內情形的只有我和你而已。而且，你不想看我怎麼處理橋爪嗎？」

那當然是想看得不得了。毀掉猛哥右腳的傢伙。

「好。那也幫我準備一份口罩。」

所謂的「內心雀躍不已」就是這種情形吧。對人家打不還手的傢伙，無法在街頭存活下去，也無法贏得尊敬。

♛

隔天又是一個氣溫破三十五度的日子。

我們一早就到那間咖啡店，監視著電話詐騙公司成員的進出狀況。橋爪、日光浴沙龍、機車快遞，以及其他眾多成員都準時上班。上午十一點半，我們在大樓前集合。大家都穿著白色的連身工作服。

崇仔以表面結了一層白粉的冰塊般聲音發號施令：

「照計畫行事。散開。」

戴上口罩的G少年突擊隊，一個個翻過只有胸部高度的安全梯的門。什麼自動上鎖的門，根本擋不住我們。只有阿蛋一個沒戴口罩露出臉。他戴著宅配便的帽子、穿著宅配便的制服，抱著一個紙箱。崇仔把手放在他肩上說：

「我很期待你的演技。總之就是讓他們把門打開。在那之後你的工作就結束了，馬上離開現場就好。」

阿蛋是為了洗刷罪名，才這麼拚吧。他高聲回答道：

「是，老大。」

他也一樣頂著那張三角形的飯糰臉翻過柵欄。我戴的是三次元的立體口罩，臉的下半完全看不到。崇仔則是露出臉，不戴口罩。

「被叫老大真的很彆扭呀。阿誠，我們也進去吧。」

Ｇ少年的精銳部隊，躲在四樓的安全梯與電梯間處。阿蛋確認過我們的所在地後，按下祕密基地的電鈴。

「不好意思，四〇六室的客人，有您的宅配便。剛才因為有住戶在，所以我就直接走進自動上鎖的門了。」

阿蛋假裝在確認送貨單。

「呃，大樓名稱與住址都沒錯。四〇六室也沒錯對吧。這是冷藏食品，能不能請你們確認一下貨品呢？上面寫著高級牛排肉。」

這是我擬定的作戰策略。沒印象有訂的貨卻自己送來，應該會嚇一跳吧。但對方應該很有自信，這個祕密基地不會曝光，況且現場還有十幾個人在。他們應該會覺得，區區一個迷路誤闖的宅配便男子，根本算不上什麼威脅。

「真拿你沒辦法欸。等一下。」

門鎖開啟的聲音，就連人在樓梯間的我也聽得一清二楚。就在門開啟約莫十公分時，兩個Ｇ少年上前硬把門撞開；再接著就是十名突擊隊員像髒水流進排水溝般蜂湧進室內。

我和崇仔走在最後。我們沒脫鞋就進到裡面，目標是後方的客廳。我迅速確認了一下室內，白板的位置變了，其他的都維持原樣。黑色襯衫的日光浴沙龍被壓倒在地，束帶綁住了他的手腳。崇仔低聲道：

「給我肅靜。不反抗的話，我們不會傷害你們。」

那時，旁邊房間的門開了。是橋爪。

「怎麼了？有點吵欸。你們……」

他發現外面有十多個戴著立體口罩、穿著連身工作服的小鬼，全身僵住了。他關上門，馬上又走了出來，手裡拿了一根短短的不鏽鋼管。是要用來防身的吧。

「你們這些小子，知道這裡是什麼地方嗎？」

橋爪出聲恫嚇。崇仔說：

「這裡是電話詐騙公司吧，橋爪。」

邪派的打工組長的臉色變了。

「你是……冰……安藤崇。」

崇仔不再多說無謂的話。他穿過G少年開出的路，直接朝橋爪走去。橋爪拿著鋼管亂揮一通，但崇仔的速度比切過空氣的鋼管尖端還要快上好幾倍。他在一個假動作後打了橋爪的軀體左右兩側——這也是猛哥示範過的招式——痛苦到和下地獄一樣的腹部攻擊。崇仔最後使出好像快把對方內臟打飛般的強烈腎臟攻擊，戳向橋爪的背。邪派的打工組長趴在地上，發出叭嗒叭嗒的聲音吐著胃液。崇仔抬起腳，用力踩住他的頭，把他的臉踩進嘔吐物中。

橋爪一面痛苦地吐著，一面說：

「安藤，你這小子……你對我做這種事……別以為我會就這樣算了……」

「哼，這可難說呢。」

新任老大把手伸向橋爪的脖子，扯下他的銀鏈子，包括鏈子上的保險箱鑰匙。崇仔的腳又增加了力道。橋爪發出輕微的慘叫，我聽到地板發出來的嘎吱聲。或者，那是從這傢伙的頭蓋骨發出來的？

「你想想我為什麼不把臉遮起來？聽好了，我是G少年的新任老大。你若是想要我的項上人頭，就要有心理準備把池袋所有小鬼都撂倒再來找我。若不想與他們為敵，就別再出現在這裡。也禁止你再做什麼電話詐騙。要是被我發現你沒照我的話做，下次我一定把你做掉。」

夏天很熱，天空很藍，崇仔的口氣就像是把這種理所當然的事情拿出來講一樣。驚呼一聲的是機車快遞那個肥仔。崇仔說：

「給我好好看著這小子。他是毀掉猛右腳的傢伙。任憑你們怎麼處置他，只要別把他殺掉就好。」

橋爪的表情變了。純然的恐懼。崇仔看向我，脖子一晃道：

「跟我來。我們要接收他的營業成果。」

雖然橋爪那裡傳來含混不清的慘叫聲，但我和崇仔都沒去搭理這種事。我們用鑰匙打開保險箱，不過還有號碼盤要開啟。崇仔笑道：

「上次我就已經把密碼看得一清二楚了。」

三度對準數字後，防火大保險箱的門開啟了。門的厚度足足有十五公分。裡頭放的鈔票綑比上次還略多一些。我打開巴塔哥尼亞的一日用後背包。是鮮豔的黃綠色那種。我把崇仔丟過來的鈔票綑一一塞進包包裡。一共近三十綑，但只塞滿包包空間的三分之二左右。

「這錢要做什麼？」

「兩人份的喪葬費。你想要的話，也可以給你幾綑唷。」

我搖頭道：

「不需要。剩下的呢？」

「充當G少年的活動資金。用來讓池袋的小鬼過更好的生活。」

好個為人民福祉著想的池袋國王。我一面拉上包包一面說：

「我看，別叫老大了，叫國王如何？要是由你來當國王，池袋這裡應該多少會變得像樣一點。」

崇仔瞇眼道：

「……國王……國王是嗎？還不壞哩。」

聽他的口氣，似乎覺得這麼叫沒什麼不好。他一面拉開橋爪的桌子抽屜，裡頭放著以橡皮筋綁在一起的銀行金融卡。非法帳戶。

「嘿，這個也帶走。」

他把金融卡丟給我。我把約莫二十張的金融卡塞進牛仔褲的後口袋。

我們在社長室只待了短短三分鐘左右。

一回到客廳，橋爪已經一副飽受摧殘的樣子，全身都是自己的嘔吐物。崇仔只瞥了他一眼，沒對他說什麼。他冷冷地以斷然的口氣對著客廳裡的詐騙成員們說：

「今天下午，我們會向池袋警察署通報這個祕密基地的地點以及工作內容。你們趕快滾吧，也別再搞什麼詐騙了。要是讓我知道你們在池袋又做同樣的事，我會讓你們和那邊的橋爪一樣下場。我只警告一次，聽到了嗎？」

「……聽到了。」

有幾個人以微弱的聲音回答道。崇仔向G少年下達命令：

「大家各自安靜地離開這裡，到預定的地方集合。辛苦了。」

大樓前面，現在應該停著三輛箱型車。最先出去的G少年已經傳來離開玄關的聲音。我和崇仔最晚離開現場，帶著在稅務上不存在的夢幻鉅款。

崇仔並沒有舉辦什麼凱旋慶祝會。

把白色的連身工作服與立體口罩塞進可燃物的垃圾袋後，他又召開了新的作戰會議。他把兩名出身埼玉縣大宮市的G少年叫到自己家來。這兩人在崇仔面前正襟危坐，沒有採取比較輕鬆的坐姿。我的鼻子已太過習慣於線香的氣味，都完全聞不出來了。

埼玉縣的兩名G少年中，個子嬌小的那位說：

「知道自首的小鬼叫什麼名字了。久江壽外夢，簡稱久外夢，還滿炫的名字對吧。他和板倉兄弟是同一個鎮上的人，聽說從小學開始就總是一起行動。板倉兄弟常任意使喚他，特別是弟弟，他在兩人面前抬不起頭來。」

我想到黑道那套把大事化小的手段。找一個頂罪的犯人，答應保護他的家人，出獄後也讓他當幹部。埼玉犀牛隊答應給那小子什麼樣的位置呢？他身上挨揍的痕跡，一定是板倉弟誠二打的吧。冰之國王說：

「這樣呀。在當地有引起什麼騷動嗎？」

「引起很大的騷動哩。媒體也報得很大，但犀牛隊的幹部相當得意，還包下一家很大的店，大肆慶祝攻下新宿與池袋。說什麼再過不久東京就全是他們的囊中物。」

雖然我火大到不行，崇仔卻是不同反應。他對著我這裡說：

「阿誠，你能不能把剛才這些事隨便寫得誇張一點，變成一封簡短的信？」

「嗯，交給我吧。」

唯有現代國語這一科，我就算沒準備也總是拿最高分。作文我也很擅長。

「馬上給我寫。現在起，唔，一個小時內給我寫好。」

國王可真是會使喚人。他對著埼玉的G少年說：

「你們兩個幹得好。知道板倉兄弟的老家在哪裡嗎？」

小鬼點點頭。

「那，今晚幫我把這封信丟進他家的信箱。」

「是。」

崇仔對我說：

「再來就是和時間賽跑了。犀牛隊很瞧不起沒了猛在的池袋。G少年因為猛被殺害，心中幹得可以。要是雙方正面衝突，不知道會死多少人。就由我們倆把板倉兄弟處理掉吧。」

我看著崇仔的臉說：

「我們？」

「嗯，對你不太好意思，但板倉兄弟的事，我希望盡可能不要動用到G少年。搞不好，我會把雙胞胎中的其中一個殺掉也說不定。我不想傷害到組織的名聲。見證人就拜託阿誠你來當了。你比任何人都還能言善道，又不是G少年的一員，應該也可以降低G少年被盯上的機率。」

這話聽得我要抓狂了。我好懷念崇仔還是個代幣遊戲天才的時候。現在他已經變成一個為了守護組織，連民間友人都不要了的冷酷國王。但這個角色太重要，重要到我一定會主動舉手、請纓上陣。

「知道了。等我一個鐘頭，我會寫出本人的最佳傑作。」

我向崇仔借了寫報告用的紙，在他的書桌前坐下。既然要寫，寫一封威脅板倉這種怪物兄弟的信，會比寫讀後心得有趣得多。我已經摩拳擦掌，躍躍欲試了。

傍晚的八卦節目中，報導了電話詐騙組織的祕密基地遭人舉發的消息。一個關西出身的高學歷搞笑藝人，雙手抱著自己的肩頭說：

「池袋連續出事欸。那裡好恐怖啊。」

我也贊成他的看法。池袋確實有它恐怖的地方哩。但既然我生在這裡，就無意跑去其他地方。這裡就算再爛，也是我的歸屬。況且，我在這裡有值得信賴的夥伴，哪怕為數不多。

就像我幫助崇仔一樣，以後應該也會有某些人會給予我幫助吧！

要想在M型社會的底層笑著存活下去，那可是一股不可或缺的助力。

自那天起，崇仔再次展開跑步與拳擊的訓練。

雖然他似乎完全沒食欲，卻還是像例行公事般，決定好正確的飲食量，攝取養分。我寫的那封信上，註明了不必回信，還在信中命令板倉兄弟，不管你們有什麼事，下星期四深夜十二點，務必到東池袋高架線下方，只許雙胞胎兩個自己來。如果膽敢不出現，就把同樣的信寄到池袋警察署的少年課去。這兩個傢伙一定會上鉤。畢竟，他們最害怕的就是警方針對已經解決的殺人案再重啟調查。

崇仔的身體狀態與敏捷度，慢慢回到和猛哥一起練拳時的水準。體重應該也增加了有五公斤。雖然看到他時覺得「他好瘦」的第一印象並未改變，但看到他穿T恤的樣子，我就發現了。儘管他的胸部和肩頭沒有明顯的筋肉隆起，背部卻是超強的；廣背肌如鳥的羽翼般往左右延伸，腰部也有如歷經嚴格的控管般變瘦了。這樣的身體，能夠打出多銳利的拳呢？

我想起他和猛哥在把打手靶訓練時的澄澈高音。

對我來說，一講到夏天的聲音，到現在我還是認為是崇仔那種具破壞力的打手靶聲音。

半夜十一點五十分，首都高速公路五號池袋線的高架橋下空無一人。是因為正在進行重新上漆的工程嗎？橋的粗厚橫梁上，以鐵管架上了腳踩用的踏板。我和崇仔藏身於水泥柱的陰暗處，彷彿融入了夜色之中。

「時間差不多了呢。」

儘管我自己沒有要參戰，卻異常亢奮。崇仔與板倉雙胞胎之戰，料想會是一場關鍵性的決戰，而我身為唯一的目擊者，在現場擔任見證人。我極為期待，不知道可以看到什麼樣的神話。當然，一旦崇仔狀況不妙，我也打算參戰。我的口袋裡，已經放了兩個不鏽鋼的手指虎。

「阿誠，有一件事我必須向你道歉。你聽好，雖然這裡只有我們兩人，但我瞞著你，又準備好了另一套策略。要是我看起來快輸了，你就幫我打宮哥的手機，響一次就好。你什麼都不必說，打完後就離開這裡，馬上回你家去。」

我的心臟撲通撲通地以奇怪的節奏跳動著。

「怎麼回事？」

頭頂上傳來有東西在風中呼嘯而過的咻咻聲。是車子經過這裡。崇仔看著遠方太陽城的發亮牆面說：

「一開始我是打算堂堂正正迎戰的。但我也可能會輸。這是針對那種情形所做的保險。就算奸詐，我也不能讓板倉兄弟毫髮無傷地回去。非得讓他們嘗嘗苦頭不可，要讓他們連聽到池袋這兩個字都不開心。」

保險是嗎？當上國王後，敗北就不只是個人的輸贏了。我點頭表示理解。

「知道了。我會打給宮哥。但我可不會擅離職守。不管是你變成殺人犯，還是你被慘電，我都會好好看到最後。」

我用力點頭，看著崇仔的眼。他冷冷地笑了，冷到不輸給夜風。

「你剛才一定覺得自己很帥對吧？你剛剛的聲音，真的應該先錄起來。我會好好看到最後。你以為你是誰呀？」

我也一面笑著，一面在心裡大叫道：什麼池袋的國王，你去給板倉雙胞胎打到落花流水算了。

那時，長長的影子斜著出現在我們面前。

「久等啦。說什麼只許我們兩個來。真是莽撞的呆瓜。」

是板倉兄弟的哥哥。他和弟弟往這裡走近。我發現到，哥哥啟二和猛哥一樣，腳一跛一跛的。左腳似乎很痛。他是右撇子，要踢人時，會以左腳為支點。崇仔嘶吼道：

「啟二，你的左腳是我老哥臨別留下的紀念對吧。」

啟二和誠二都穿著迷彩色的軍用褲。束緊下襬處的帶子，隨風飄動。弟弟誠二開口說：

「你的傻哥哥不是被少年A刺死了嗎？和我們可沒關係。」

他露出雜亂的牙齒笑道。我察覺到，誠二手上沒拿東西。他到底是用什麼武器呢？他擅長的武器是什麼？崇仔以冷到快要讓現場結冰的聲音回應道：

「我也覺得那種事怎樣都沒差。死掉的人，不會去在意活著的傢伙怎樣。像你們這種無可救藥的爛人也一樣。我只是無法原諒你們兩個傢伙而已。」

板倉兄弟的哥哥瞪著我說：

「這小子是誰？」

崇仔咧嘴笑道：

「我們高工的同學。他的實力可是高到你們無法想像的地步。但今晚在此決鬥的，只有我一個人。」

啟二與誠二這對雙胞胎，額頭上都露出同樣的皺紋。那表情像是在說：你在講什麼鬼。哥哥說：

「怎麼回事？你這小子要一個打我們兩個嗎？」

崇仔緩緩地把開指手套往雙手上戴。不是他自己的手套，黑皮手套上縫著的藍色字樣寫著「TAKERU」（猛）。

「當然。就像猛以你們兩人為對手一樣。怎樣，兩個人一起上，才好不容易把腳受傷的我哥打倒的心情如何？」

崇仔高聲笑道：

「還是說，你們那時是五、六個人一起上？啟二，你的左腳應該是被我哥踩到腳尖；腳踝還很痛對吧。」

啟二怒吼道：

「囉唆什麼——！」

這話成了開啟戰事的一槍。崇仔以飛一般的速度靠近使踢拳道的哥哥。誠二被占得先機，看來不知如何反應；哥哥啟二不愧厲害，腿往後一拉，使出迎擊的一踢。但他拉腿與踢出都各晚了一拍，跟不上崇仔跳過去的速度。進入手臂可及的距離後，崇仔直接揮出全無力量感的右直拳。

現場響起有如細細的玻璃支柱碎掉般的澄澈高音。啟二長長的四肢零亂地張開，人直接失衡摔在地上，就像個斷線的人偶。人一旦突然失去意識，就會敵不過重力，即刻倒地。

我目瞪口呆，被新國王的實力深深迷住了。

「可惡，哥，你沒事吧？」

踢人的妖怪沒有回答。誠二從背後拔出特殊警棍——拿在手上一揮就伸長約五十公分，尖端還融上一個發暗光的鐵球。他把左手插進軍褲的側邊口袋，再抽出來時手上已多了一把雙刃匕首。那是握在手上使用的近身用暗器，尖尖的三角形刀刃大概有十公分長吧。

「我來和你打。」

誠二朝這裡攻過來，但崇仔閃過特殊警棍的第一記刺擊，轉換身體方向。遠距離就用鐵製警棍攻擊，靠近對方時則以轉彎半徑小的雙刃匕首。想得很周到的武器選擇。崇仔沒停下腳步，沿著已經預先破壞南京鎖的施工用踏板往上爬。

「我在這裡。你害怕一對一是嗎？誠二，你用什麼武器都行，沒把槍帶來嗎？」

我知道崇仔的戰略。先打倒哥哥，再進一步讓已經亢奮的對手更加亢奮，誘使對方來到對自己有利的地點。組裝得很複雜的鐵管不利於施展特殊警棍。施工用的鋁製踏板，每片寬約四十五公分。崇仔的揮拳幅度很小，正適於提升出拳的精準度。在橋的橫梁下方起算大約三分之一左右、約十公尺高的地方，崇仔轉了頭。從我的地方看不太清楚，但他腳邊的踏板寬度為兩塊板子相加，應該是不到一公尺。

「誠二，把自己的罪推給在同一個地方長大的小鬼，是什麼感覺？」

板倉弟拿著特殊警棍做個假動作後，又往前一步，以雙刃匕首去攻擊崇仔的腹部。我看起來崇仔是險險地擦邊閃過，但他白襯衫在肚子的地方已裂了開來。沒有流血。

「和我們無關。強勝弱敗。聽說你是池袋的新老大？你到底在講什麼天真的鬼話？」

這次他大動作揮著特殊警棍攻擊崇仔肩頭。國王輕鬆閃掉。不過，接下來的一擊就沒辦法預測到了。誠二的警棍尖端就像劍法中的「燕返」招式，反轉過來，從反方向往崇仔的臉打去。我差點把眼睛閉上。在拳擊中，用拳背攻擊的反手拳是犯規的。崇仔並未接受閃避這種攻擊的防守訓練。不過，在這種時候，他身體的速度依然凌駕於誠二：他閃過反手攻擊，貼近誠二身體的斜側面；誠二一急，雙刃匕首想要往左邊刺，但就在崇仔一瞬間貼近誠二身體的過程中，崇仔的左勾拳已經連打中他的身體三下了。在零點五秒的時間裡，這三拳都打進了誠二的腹部。當崇仔往後退，右手的直刺拳又像牽了絲般往前出拳。聽不到什麼聲音。兩秒後，誠二的鼻子有如水龍頭開了一小縫般，冒出了血水。他變得難以呼吸，張開嘴因應。他的門牙和牙齦也都染上鮮紅色。

「可惡！」

誠二胡亂揮舞著警棍與匕首。看到他這樣，我知道這場決鬥已分出勝負。再來就看崇仔想怎麼做了。對決應該會照著國王的意思結束吧。崇仔的步伐愈來愈輕巧，閃掉了金屬棒與雙刃匕首。真不知道為什麼，快要輸掉的傢伙所使出來的攻擊，看起來就連我都能輕易閃過。只是在用蠻力而已，攻擊根本一點都不凌厲。崇仔轉換了身體方向，誠二繞了一圈，再次使出反手攻擊。已經看過一次的戰法，崇仔當然不會反應不過來。

誠二的身體慢慢地朝著高度約莫及腰、以黃色鐵絲網構成的安全防護網移過去。崇仔身體往下一沉、又突然踮腳起身。他的重心一下子上，一下子下。崇仔配合著上上下下的節奏，接連使出猛哥教他的、由上往下打的右直拳。不過，他的手套瞄準的不是誠二的太陽穴，而是精準地打進太陽穴往下大約二十公分處的肩大肌。誠二手上拿著武器，以安全防護網為支點往外轉圈。

「啊！」

他只有短短一瞬間浮在踏板外面而已。他丟掉雙刃匕首，馬上抱住頭，就這樣一面轉圈一面從十公尺左右的高度摔到水泥地上，腰部著地。那一帶發出了有如一整袋濕掉砂子掉落地面般的沉重聲響。崇仔從上面確認了誠二的狀況後，在工地的樓梯上跳著回到地面。

誠二似乎仍有意識，但什麼也做不了，只能痛苦地呻吟。崇仔冷漠地說：

「你的右手，很礙事哩。」

他輕輕一踢，把誠二踢轉成正面朝上後，又迅速收腿，用力把誠二的右膝往地上踩，發出像是把粗粗的樹枝折斷般乾乾的聲音。誠二的呻吟聲並沒有因而變大，或許是腰傷就已經痛得受不了了吧。

「那，你哥這邊也來一下。」

崇仔跑到依然失去意識的啟二那裡。他把啟二長長的左腳踢開來，同樣將膝蓋往地上踩，然後以感到困擾般的口氣說：

「唔，腿果然比較健壯呢。」

他三度把踢拳道選手的膝蓋往地面踩之後，露出了滿足般的表情。

「兩個人都還活著。不過，完全痊癒得花三個月時間，也不可能在同樣的威力下踢出右腳或揮舞警棍了吧。我不想變成這種野獸一樣的生物，所以就這樣收手好了。阿誠，你有沒有覺得，該殺他們哪一個來幫猛報仇比較好？」

崇仔用他那雙有如彈珠般的眼睛，認真地在問我。我發著抖說：

「我想現在這樣就夠了。你不能殺人。殺人的國王，大家可不會尊敬。」

崇仔按著肚子那裡、襯衫裂開的地方說：

「虧我很喜歡這件襯衫的說。」

「襯衫我可以買給你。我現在已經萬分期待，明天到學校要怎樣把今天的決戰講給大家聽了。走吧！」

崇仔看向攤開長長的四肢倒臥在地的板倉兄弟，對著弟弟誠二說：

「聽好了。想幹架的話，你們要來池袋幾次都行。我已經不會逃跑了。我摸清了你們底細，不怕你們了。阿誠，走吧。」

我們離開那裡。崇仔抽出手機，命令在離那裡有點距離處配置的四輛車上的突擊隊解散。我和崇仔回到了有著耀眼霓虹燈的池袋站前。我們在宮哥的遊樂場，用罐裝咖啡慶功。

板倉啟二與誠二兩兄弟，似乎是爬著離開那裡的。

他們攔了計程車，坐到埼玉縣的急救醫院去。要是有人在發現猛哥遺體的地點附近，看到他們受了離奇的重傷，對他們來說就是最糟糕的情節了；警方或許會察覺到少年A與自己之間的關係也說不定。

結果，啟二有輕微腦震盪與左膝複雜性骨折；誠二則是右膝開放性骨折（骨頭刺出來外面那種超痛的骨折），以及更嚴重的腰骨與腰椎的粉碎性骨折。聽說埼玉犀牛隊內部很積極想找出是誰下的手，但板倉兄弟兩人都三緘其口，不肯透露祕密。他們說自己是在工地現場打鬧，兩個人一起從踏板上跌下來的。唔，我想他們被崇仔一個人幹掉，想必是覺得很丟臉吧。

池袋街頭，乃至於新宿以及澀谷，都回歸了平靜。現在，都心的隊伍之間已建立起寬鬆的聯盟。那年冬天召開的埼玉犀牛隊解散典禮，池袋、新宿、澀谷的老大都出席了。當中最年輕、唯一有國王之稱的，只有池袋的新王者安藤崇。

到頭來，我還是遵守著崇仔的吩咐，沒有加入G少年。宮哥和森村學長一再邀我，但我也以「待在團體裡不自在」為由，一再婉拒。

唔，畢竟再怎麼冷酷的冰之國王，也需要朋友嘛。

我茫然地看著多得像山一般的蠟燭。

把這麼多微弱的亮光聚集在一起，也會變得很明亮。我抬頭看著太陽城那頭的天空。透明的藍色開始擴散。再過不久，早晨就要降臨，猛哥的忌日經過深夜，慢慢來到清晨。崇仔佇立在蠟燭前。

「真是個奇怪的哥哥啊。」

他是個把一切教給了崇仔，把自己創建的王國交給了崇仔，又飛快地從地表離開的永遠的老大。我吸了一口初秋拂曉時分的空氣說：

「或許是吧。猛哥當不了國王。」

崇仔拍了拍秋季褲裝的臀部。不是普拉達就是克莉絲汀・迪奧的。

「聽好，阿誠。這是我私底下問你的。老大和國王，哪個比較了不起啊？」

我維持著坐姿，把手伸向崇仔。他以冰冷的手抓住我，把我拉起來。

「我也不知道哪個比較了不起。但如果要問哪個比較受到愛戴，我就相當清楚了。暖人心扉的老大深受許多人敬仰，但冰冷的國王就很少會有人喜歡了。」

就在我正要說出「大概也只有我了吧」的時候，崇仔的右直刺拳飛了過來。他的拳頭在距離我幾根頭髮的地方緊急煞住。

「這事我也知道呀。無論再過多久，我都趕不上老哥。猛是我永遠的目標。不過，阿誠，有一個你永遠都輸給他的敵手在，是一件滿好的事哩。就像你有我在一樣。」

因為這是猛哥的忌日，我就不對多愁善感的國王回嘴了。我們說說笑笑，悠閒地回到池袋街頭。接著我們打算兩個人到新開的濃縮咖啡店去，喝一杯香到不行的咖啡。

一直到又過了一年，蠟燭之夜到來為止，我們應該不會再提起池袋的老大了吧。每年只能提一次。有個珍貴而又輝煌到這種程度的回憶，出乎意料地感覺還不錯。

聽我的故事到這裡的各位，明年秋季開始的那天，再來東池袋的高架下相會吧。別忘了帶著你的蠟燭哦。

國王，我，以及許許多多的G少年，都恭候大駕。

在那天之前，大家就在各自的城市裡，好好地存活下來吧。

解說

／辻村深月

二十歲的夏天，我與《池袋西口公園》相遇。

我不會忘記，那是在大學時期一個朋友家發生的事。結束社團的酒聚後，在回家的路上，我順道到那個朋友家拜訪，在她家書架上，發現了和《池袋西口公園2：計數器少年》擺在一起的這本書，就問我朋友，「好看嗎？」

到現在我都還很感謝，那時她告訴我「非常好看唷」，還把書借給我看。

那剛好是作品拍成日劇，正受歡迎的時期。那時我身上存在著一股很難搞的自我意識：只要是大家喜歡的東西，我就很不想隨隨便便去接觸……但在翻開書、看完第一篇後，我就完全為這一系列作品所傾倒了。

我覺得，這作品大受歡迎是理所當然的。

因為，它是屬於我們的小說。

主角真島誠的說話口氣極其輕鬆，除了讓人感到節奏格外明快，也深入人心。書中的角色都很鮮活而迷人，一出場就讓讀者在腦海中浮現鮮明的視覺想像。每次的事件描寫得很生動，讓人覺得好像會在我們身邊發生一樣，但不到最後，依然無法猜透故事的發展。

此外，故事情節的演變，每每抓住了我的心。隨著出場人物的感受，我也跟著有所共鳴，或哭或笑，抑或是揪心於「某某人好酷」。

對那時剛滿二十歲的我而言，那次的閱讀經驗，就像是夏天的風吹過我身邊一樣，十分爽快。

我為何會如此覺得這部作品是「我們的小說」呢？讓我有恍然大悟感覺的，是在那之後隔了一陣子，我讀到作者石田衣良先生為矢澤愛小姐的知名少女漫畫作品《我不是天使》（舊譯《聖學園天使》）的完全版撰寫解說文章時的事。

在日本，那些在學生時期只懂得一個勁兒的用功，完全沒有異性緣的人，很多都會在年紀大了之後，露出不愉悅的神情批評某些事。在他們一貫的認知裡，艱澀、難懂、沉重的作品才是傑作；假如描寫的是人生的不公平際遇、社會的矛盾，或者在以戀愛為主軸時，描寫外遇或有著愛恨糾葛的殉情故事，就視之為了不起的藝術。在國文課本的最後面介紹的什麼名著清單，作品全都是在抱怨「活著好痛苦」。但是請等一等，你們的人生，真的像是那樣，只有苦澀、別無他物嗎？（中略）

為何事情會變成那樣呢？答案其實很簡單。那是因為，假如寫的是艱澀、難懂、沉重的題材，要加工很簡單，不花什麼工夫。但如果要表達的是活著的喜悅啦、飄飄然的甜蜜感受啦、對著身邊的人敞開的年輕的心啦之類的，就遠比在流水作業中處理僵硬的泥水困難多了。

讀到這篇文章時，自己好像有一種第二度與《池袋西口公園》相遇的感覺。這系列作品具備了我們喜歡的快樂與快活的特質，所以它才會成為與我們並肩作戰的故事。它是無敵的。一方面，作品的強韌性與敏銳度足以輕易勝過大人所推薦的沉重的故事；另一方面，作品中既納入了大量屬於這個時代的氛圍，卻又同時保有絲毫不陳舊的普遍性。當時的我，跟著阿誠他們一起感動、哭泣，時而又產生懊惱或憤怒的感覺，總之就是讓自己的所有情感，都與之產生共鳴。我甚至於覺得，自己像是小小地復仇了一下，對著敬而遠之的大人們吶喊「艱澀、難懂、沉重的作品，描寫得了這樣的東西嗎？！」那一瞬間，我深切感覺到，我們輕盈的故事，穿透了大人硬塞給我們的、名為「社會」的故事。

此外，對我來說，與《池袋西口公園》相識的二十歲夏天，也是我初識安藤崇的夏天。統領池袋幫派少年的國王安藤崇，是我心所嚮往的人。你可以說那是「愛」、「妄想」或者「萌」都行，要怎麼稱之，悉聽尊便。二十多歲時的我，總之就是打從心底折服於這個冰之國王。我迷戀他。

「安藤崇是統領池袋幫派少年的領袖。他總是不打招呼。不無謂行事，是個迅速、敏銳的國王。」（〈熱血少年〉，收錄於第一集《池袋西口公園》）

「崇仔的鼻子似乎輕蔑地哼了一聲。他一年只會表達出自己的情感兩次。沒想到第一次

這麼早就出現，那剩下的十一個月該怎麼辦啊？」（〈西一番街外帶〉，收錄於第三集《骨音》）

「一聽到我的聲音，對方馬上轉給國王。他高貴的聲音冰冷得像是從南極和我通話一樣。」（〈星探藍調〉，收錄於第五集《反自殺俱樂部》）

「崇仔如北風般呼了口氣。他是在笑吧。」（〈傳說之星〉，收錄於第五集《反自殺俱樂部》）

「我知道他覺得很有趣。因為，電話那頭的空氣驟然冷卻下來。」（〈致命玩具〉，收錄於第五集《反自殺俱樂部》）

搭乘銀色的賓士休旅車，幾乎不會表達什麼情感，就連好友阿誠打來的電話，也都理所當然有人代接或傳話——崇仔的魅力，畢竟還是要透過阿誠的角度來呈現、來做這樣的描述。

但這個冰冷的國王，其實比誰都還熱血。他討厭不合理的事情，講求公平，而且溫柔。無論用多少「冷淡」、「冰冷」這樣的字眼描述他，讀者不可能感受不到，崇仔心裡沸騰的熱度。以我之見，在故事的歷史當中，崇仔壓倒性的嶄新之處在於，他是一個同時讓人感受到冰與熱的存在。正因為如此，他就像乾冰一樣，看起來是純白的冰冷氣體，但誰要是觸碰到，就會在一瞬間燙傷。雖然他冷酷而難以親近，卻也因而成為魅力無法擋的國王。

翻著書本，一出現崇仔的名字時，我都會覺得「啊，他出現了」。我會有「崇仔都出現了，事情必定沒問題」的想法。明明知道沒問題，心裡卻還是忐忑不安地撲通跳著，書本拿在手上愈翻愈快。

此外，崇仔更有魅力之處在於，他也是個活生生的人，也不完美。拳頭厲害、人帥，又受到夥伴敬仰的他，有時會迷惘，也會和阿誠起衝突。他一樣會談戀愛。但是，「並非十全十美」這件事，未必是負面的。換句話說，也就是他沒有什麼碰不得的禁忌。

不完美的崇仔，是一個沒有禁忌也沒有界限的英雄。正因為這樣，他無所不能。他可以是一個在我們面前自由地四處飛翔、極其帥氣的英雄，也可以是我們身邊最親密的朋友。《池袋西口公園》是「我們的小說」。我從來沒有把它當成遙不可及的英雄們的故事來看。不管我是誰，不管我住在哪裡，不管我是多麼微不足道的存在，阿誠和崇仔都會幫我，都會把我當朋友——我就是在這樣的心情下信賴他們、並在閱讀他們故事的過程中持續得到救贖。

本書《國王誕生》，講的是這樣的崇仔如何成為池袋國王的故事。

在《池袋西口公園》第一集中，針對崇仔如何成為國王的過程，阿誠是這樣說的：

崇仔是統領池袋幫派少年的領袖，他是所有團隊的國王。你問我他是怎麼辦到的？用他的拳頭和腦袋。

崇仔還很年輕時的故事，究竟是怎樣的呢？身為長年的書迷，光是想到「竟然有一天能夠讀到這背後的故事」，就已經要發暈了。

不過，這個故事固然講的是崇仔的故事，卻也不折不扣是我們喜愛的《池袋西口公園》系列的正篇——阿誠的故事。與全系列的所有事件一樣，《國王誕生》也同樣開始於阿誠的引言。只要不小心看到他一開始是怎麼講的，你就絕對會欲罷不能了。

接下來我要講的故事是，猛哥如何稱霸處於戰國狀態的池袋、他如何與其他地區的隊伍戰鬥，以及他這位大家的老大為何會死去。

這個故事也會提到，老大的弟弟崇仔，如何為兄長猛哥報仇，如何成為絕不露出笑容的池袋絕對王者，如何捨棄了少年的心，成為無情國王的過程。（p.4）

故事的主軸簡單講就是這樣。

不過，不愧是《池袋西口公園》系列作。原本以為這是個由少年們交織出來的對抗的故事，過程中卻一再出現與我們所在的現實所差無幾的事件與情境，一轉眼就讓我深陷故事當中，無法自拔。像是在夜路上襲擊人家的擊倒強盜、KO小子的真面目，以及參與電話詐騙集團的少年們。這是我們想讀的正宗的池袋故事。崇仔與阿誠還很年輕時的故事，就在這裡。

另外我也察覺到，我們為何會覺得，在冷酷的冰冷國王心裡，存在著熱情與溫柔。那恐怕是因為，阿誠看待崇仔的視線與描述的詞語當中，存在著愛吧。

在《國王誕生》的情節中，崇仔失去的不是只有他哥哥猛而已。在他變成冷酷的國王之前的笑容，以及還不是國王的一介少年的日常生活——或許正因為阿誠一直都守護著這樣的崇仔，我們也才能以阿誠的視角充當過濾器，感受到冰冷國王的帥、可愛以及近在咫尺。

還有一點很重要。

石田先生描寫的《池袋西口公園》系列之所以這麼好看，是因為他沒有停止講故事。石田先生以及主角阿誠都是。

在本書中，阿誠是以這樣的方式描繪大家的老大安藤猛的英姿。

成功地抓住了大家的注意力。小鬼們都屏氣凝神聽我說故事，連山井也是。我們每個人都有著愛聽故事這個弱點。對於故事接下來的發展，都在意得不得了。（p.31）

學生有三分之一都輟學、專出不良少年的名校——這裡的學生，也一樣渴望聽故事。就是因為這樣，「講述」與「情報」才會變成阿誠的武器。

日常生活令我們頭暈目眩，有各種事物在逼迫著我們。這種時候，我們時而會看輕故事的存在，不把它當成有多重要。我們甚至於會以為，平常不看書的那種小朋友，肯定不需要故事之類的東西。但阿誠卻是無條件肯定，故事是任何人都需要的。他相信故事的力量。

阿誠所講述的崇仔的《國王誕生》故事，就像是渴望聽故事的我們，把想喝得不得了的甜美果汁，往乾燥的喉嚨裡倒一樣。就是這樣的一本書。

要是有人因為這本書而喜歡上崇仔的話，我有很多篇要推薦的。可以去看〈太陽通內戰〉（收錄於第一集）以及〈西一番街外帶〉（收錄於第三集《骨音》）。

啊，其實崇仔談戀愛的〈鬼子母神夾殺〉（收錄於第十集《尊嚴》）也不錯，還有用心為離開自己身邊的前保鑣「雙塔巨人」那對雙胞胎設想的〈東口拉麵長龍〉（收錄於第四集《電子之星》）也不錯……要這樣一直講下去，可就沒完沒了了。還有，在〈連續縱火犯〉（收錄於第七集《G少年冬戰爭》）中，阿誠與崇仔有一幕極棒的一搭一唱，讀了之後我不由得嚇得身子往後仰，也請務必一看！

無論你看了哪個故事，只要翻開最初的第一本，恐怕會連其他幾集，也都全部看完才會甘心，請多加小心。說真的，我非常非常羨慕，有人有能力投身於這麼奢侈的享受。

在人生當中，能擁有自己喜歡的書與故事，而且能夠追著系列作品一直到今天；能夠有個像崇仔般的喜歡的人——以上全都是我自豪之處。

我想，應該有諸多讀者才剛才闔上這本書。能夠在心底帶著這樣的感謝，代表他們為《國王誕生》寫下這篇文章，我深感光榮。

石田衣良系列 15

國王誕生：池袋西口公園・青春篇
キング誕生—池袋ウエストゲートパーク 青春篇

作者　石田衣良（Ishida Ira）
譯者　江裕真
社長　陳蕙慧
主編　張立雯
行銷　廖祿存
封面設計　白日設計
排版　極翔企業有限公司

集團社長　郭重興
發行人兼出版總監　曾大福
出版　木馬文化事業股份有限公司
發行　遠足文化事業股份有限公司
地址 231新北市新店區民權路108之4號8樓
電話 02-2218-1417　傳真 02-2218-0727
email: service@bookrep.com.tw
郵撥帳號 19588272 木馬文化事業股份有限公司
客服專線 0800221029
法律顧問　華洋國際專利商標事務所 蘇文生 律師
印刷　成陽印刷股份有限公司
初版1刷　2017年8月
初版2刷　2019年10月
定價　新台幣260元
ISBN 978-986-359-414-7

國王誕生：池袋西口公園. 青春篇 / 石田衣良著；江裕真譯. -- 初版. -- 新北市：木馬文化出版：遠足文化發行, 2017.08
面；　公分. --（石田衣良系列；15）
譯自：キング誕生：池袋ウエストゲートパーク. 青春篇
ISBN 978-986-359-414-7（平裝）

861.57　　106009563